# Marla Leka

# KASSI

Kansikuva:

Tuula Leppänen

2015

© 2015 Marla Leka
Kustantaja: BoD – Books on Demand, Helsinki, Suomi
Valmistaja: BoD – Books on Demand, Norderstedt, Saksa
ISBN: 978-952-318-402-2

# Johdanto

Lyhyesti v. 2007 ilmestyneen kirjan Tiara sisällöstä:

Kaija Kurttuselle ei elämä ollut aina hymyillyt. Yhteis-elämä Mara-puolison kanssa oli toki alkanut romanttisesti täyttäen rakkaudennälkäisimmänkin nuoren naisen haaveet. Kuuden ihanan lapsen ja Maran menetetyn työpaikan seura-uksena kaikki kuitenkin oli muuttunut. Alkoholi vei miehen yhä kauemmaksi perheestään ja itsetunnostaan. Kaija joutui olosuhteiden pakosta hoitamaan elatuksen hankkimisen ja pitämään huolta lapsistaan ja puolisostaan, jota hän tiesi kaikesta huolimatta rakastavansa.

Muutos tuli yllättäen Kaijan joutuessa työpaikalla museo-siivoojana rikosvyyhdin keskelle. Uhattuna oli koko hänen perheensä, mutta neuvokkuudellaan hän auttoi poliisi-komisariota nappaamaan häikäilemättömät roistot ja avaa-maan oman elämänsä aivan uudelle tasolle.

Ratkaisuun johtaneista tiedoista oli tarjolla kansainväli-sissä mitoissa suuri palkkio, joka korjasi Kurttusen perheen rahaongelmat lopullisesti. Mara löysi tapahtumien keskellä oman identiteettinsä taitavana mekaanikkona ja taiteilijana. Kaijan looginen ajattelukyky huomioitiin myös työpaikalla ja hän sai ylennyksen museon johtoportaaseen.

*Nyt tapaamme Kaijan uusissa kuvioissa!*

# KASSI

Viikoittaisesta sauvakävelylenkistä oli muodostunut Kaija Kurttusen sisarille, Raijalle ja Maijalle, erittäin tarpeellinen ja keventävä henkireikä. Tosin painonpudotus sisaruksilla ei ollut kovin tuloksellista, mutta sitäkin antoisampaa oli purkaa tuntoja, joita nuorimman sisaruksen Kaijan onnistuminen elämässä oli saanut aikaan. Vielä vähän aikaa sitten he olivat voineet katsoa olevansa paljon sisarensa yläpuolella, sillä voiko olla halveksittavampaa kuin se, että nainen uhraa elämänsä juopon miehen ja lapsilauman elättämiseen museosiivouksella ja vihannestukun pakkaajana.

Yllättäen kaikki oli muuttunut. Vaikka tapahtumasta oli kulunut yli vuosi, lehdet kirjoittivat yhä Kaijan rohkeudesta ja huomattavasta osuudesta kansainvälisestikin merkittävän rikoksen selvittämisessä. Hän ei myöskään enää ollut siivooja, sillä ruljanssin seurauksena hänestä tehtiin museon kiinteistöpäällikkö.

Kaiken lisäksi perhe oli päässyt palkkiorahoilla käsiksi suureen merenrantahuvilaan, jossa he nyt asuivat koko kaupungin ihaillessa henkeä haukkoen sen sisustusta. Jopa televisiouutisten reportteri Urpu Matikainen oli tehnyt upean loppukevennysjutun heidän auvoisesta elämästään tällä hetkellä. Kaija oli myös ollut television keskusteluohjelmassa yhdessä komisario Laitapuolen kanssa ottamassa kantaa siihen, mikä on yksilön vastuu rikollisuuden estämisessä.

Kaiken kukkuraksi Kaija näytti hoikalta ja kauniilta jopa televisiossa, vaikka yleensä väitettiin televisiokuvan tekevän päinvastaista.

"Nykyään maskeeraajat pystyvät tekemään ihmeitä", totesi Raija myrkyllisesti.

Vanha juoppo Marakin oli muka tätä nykyä menestyvä liikemies ja vielä taiteilija, jolla oli niin hieno ateljee talon ylimmässä kerroksessa, että sitä piti esitellä koko maailmalle. Valehtelematta voi sanoa, että jos sanonta "vihreä kateudesta" pitäisi paikkansa, tämä naiskaksikko ei olisi erottunut ympäröivästä luonnosta, sillä he olisivat olleet todella vihreitä.

Kumpikaan heistä ei ollut vuosiin tavannut Kaijaa henkilökohtaisesti. He olivat hävenneet sekä hänen nuhruista olemustaan että ylipäätään sitä alaluokkaista elämäntapaa, jota hän edusti. Puhelu silloin tällöin muodon vuoksi oli saanut riittää.

Nyt kun tilanne oli muuttunut, heidän kateutensa esti yhteydenpidon siitä huolimatta, että Kaija oli yrittänyt tavoittaa heitä jakaakseen ilonsa heidän kanssaan.

Maijalla ei kylläkään ollut mitään valittamista omassa elämässään. Hän oli naimisissa Anteron kanssa, joka oli konttoripäällikkönä samassa yrityksessä, jossa Maija työskenteli. Miehen ulkoinen olemus ei sinänsä vedonnut, mutta hyvä työ ja koulutus ja sen myötä taloudellinen varmuus olivat asioita, joita Maija ei voinut vastustaa. Niin he sitten eräiden firman juhlien jälkeen päättivät avioitua.

Raijan asiat eivät olleet aivan yhtä hyvällä mallilla. Hänenkin avioliittonsa perustui työpaikkaromanssiin. Tapio oli toki johtavassa asemassa, mutta komeudellaan hän Raijan oli hurmannut. Tosin jo seurustelun alkupuolella Raija välillä huomasi olevansa älyllisesti vahvempi kuin Tapio, joka ei todellakaan ollut mikään ruudinkeksijä.

Siitä huolimatta Tapio Möttönen uskoi itseensä ja hetken innostuksesta päätti irtisanoutua tehtaasta ja perustaa oman saman alan yrityksen. Raija sanoi myös itsensä irti siirtyäkseen tulevan miehensä firmaan. Samoihin aikoihin he menivät naimisiin ja tekivät loisteliaan häämatkan maailman ympäri. Liiketoiminta ei sitten käynnistynytkään odotetusti ja lopulta Tapio löysi itsensä anomasta vanhaa työpaikkaansa takaisin. Toimitusjohtaja vain totesi kylmästi, ettei ollut tapana ottaa takaisin työntekijöitä, jotka olivat irtisanoutuneet.

Tätä nykyä Tapio makasi päivät pitkät kotona valittaen maailman pahuutta. Raija oli kurkkuaan myöten täynnä koko miestä ja yritti löytää itselleen sopivaa työtä, sillä häntäkään ei huolittu takaisin tehtaaseen.

Tilanne näytti toivottomalta, sillä työvoimatoimisto oli toistaiseksi pystynyt tarjoamaan vain Kaijan vapaaksi jättämää museosiivousta. Sitä Raija ei todellakaan edes harkinnut! Etenkään, kun ilmoituksen mukaan häntä vielä haastattelisi Kaija Kurttunen, hänen sisarensa.

"Mieti, jos me kompastuttais täällä johonkin ruumiiseen ja sitten, simsalabim, meistäkin tulisi rikkaita ja kuuluisia. Ei siinä Kaijan kohdalla muuta tarvittu!" sanoi Raija katkerasti kääntyen sisarensa puoleen, joka ei enää ollutkaan hänen vierellään.

Maija ei ollut toiveen mukaisesti kompastunut ruumiiseen, vaan kiveen ja makasi mahallaan polulla eikä noussut ylös. Raija hätääntyi.

"Loukkasitko sinä?" hän kysyi.

"En loukannut. Jäin ihmettelemään, mikä tuolla kuusen alla oikein häämöttää. Ihan kuin siellä olisi vihreä kassi. Taidan ylettyä siihen. Odota vähän!"

Näkyviin ilmaantui todellakin vihreä kassi.

"Tämä on tosi painava. Mitä ihmettä siinä oikein mahtaa olla? Uskalletaanko katsoa?"

"Totta kai katsotaan!" tuhahti Raija kärsimättömästi.

"Miten niin, totta kai? Siellähän voi olla vaikka pommi ja kun avataan se, lennetään taivaan tuuliin. Etkö yhtään seuraa uutisia?" pauhasi Maija, mutta uteliaisuus voitti ja hän veti varovasti vetoketjua auki.

Naisten hämmästys oli sanoinkuvaamaton heidän nähdessä kassin sisällön! Ensimmäiseksi näköpiiriin tuli nipuittain sadan euron seteleitä. He avasivat vetoketjun kokonaan ja näkivät kassin olevan täynnä samanlaisia rahanippuja. Raija ei muistanut koskaan ennen nähneensä sadan euron seteliä ja epäili hetken, että joku pilaili heidän kustannuksellaan ja oli piilottanut leikkirahoja. Maija kuitenkin tiesi rahojen ainakin näyttävän täysin aidoilta.

Toivuttuaan hämmennyksestä, vanha Raija astui taas esiin todeten:

"No niin! Kaija kompastui ruumiiseen ja rikastui, mutta me saimme rahaa. Hyvin menee! Kuka tässä ruumiita kaipaa?!"

"Emmehän me voi näitä rahoja pitää. Nämä täytyy viedä poliisille!" vastusteli Maija.

"Ei täydy! Ne on meidän! Me löysimme ne ja sillä sipuli! Laita äkkiä laukku kiinni ennen kuin joku tulee!" komensi Raija.

Samassa hän nappasi kassin Maijalta ja lähti kävelemään vauhdilla, niin ettei Maija ollut pysyä perässä.

&

Alfons istui mietteissään punaisessa Ladassa, joka oli pysäköitynä ulkoilualueen laitaan. Hänen sisällään velloi elähdyttävä jännitys. Hänen katseensa oli kiinnittynyt ratin päällä lepäävään piirrokseen, vaikka hän osasi jo ulkoa sen sisällön.

"Hiekkatien päätyttyä, polkua oikealle kuusikymmentä askelta" ja hän olisi kuusen kohdalla.

Innostuksen aalto tuntui jälleen hänen vatsansa seutuvilla. Tänään hänellä alkaisi uusi elämä!

Oli vielä valoisaa, vaikka Kurt oli nimenomaan sanonut, että hän menisi paikalle vasta pimeään aikaan. Tunnit olivat kuitenkin kuluneet niin hitaasti, että lopulta Alfons oli lähtenyt liikkeelle arvellen, että olisi paikalla vasta pimeän tullen. Oli kuitenkin vielä aivan valoisaa eikä hän voinut muuta kuin odottaa. Oletettavasti lähiseudun ihmiset käyttivät aluetta ulkoiluun, vaikka juuri tänään näytti melko hiljaiselta. Hetki sitten Alfons oli nähnyt parin sauvakävelijän heiluttelevan sauvojaan tasatahtiin leukojensa kanssa. Näytti siltä, että molemmat naiset olivat puhuneet toisiaan kuuntelematta.

"Niin tyypillistä ja todella mahdollista!"

Alfons oli täysin kyllästynyt naisiin ja lujasti päättänyt käyttää edessään olevan uuden alun vapaana mokomista olennoista.

Yllättäen hän havahtui ajatuksistaan ja huomasi pimeyden laskeutuneen metsämaiseman ylle. Vihdoinkin olisi aika toimia! Hyräillen mielessään hän lähti kohti hänelle uskottua vastuuta. Hänen olisi tehnyt mieli laulaa ääneen, mutta tiesi, että olisi syytä olla todella hiljaa, jos aikoi onnistua. Tultuaan hiekkatien päähän, Alfons sytytti otsalamppunsa ja alkoi laskea askeleita kohti kuusta.

"Yksi... kaksi... kolmetoista... oli se Kurt reilu, kun oli valmis maksamaan tästä keikasta kaksikymmentätuhatta... kolmetoista...!"

Alfons huomasi seonneensa laskussa ja joutui palaamaan hiekkatielle. Otsalampusta huolimatta hän kompasteli juurakkoisella ja kivisellä polulla. Oli todella keskityttävä, ettei joutuisi taas palaamaan. Hänen kääntyessä hiekkatien saavutettuaan takaisin polun suuntaan, ne kaksi naista juoksivat ohitse ja olivat vähällä törmätä häneen. Etummaisen naisen kassin päällä olleet kävelysauvat ohittivat hänen silmänsä vain muutaman sentin päästä. Ikään kuin naiset eivät edes huomaisi hänen olemassaoloaan.

"Olipa sillä muijalla hankala kantamus!" totesi Alfons ja hämmästeli naisten menoa. Toinen naisista juoksi perässä sauvojaan heilutellen ja huusi:

"Raija Möttönen! Nyt kyllä odotat minua tai suutun!"

Toinen ei piitannut vähääkään huudosta, vaan välimatka takana juoksevaan vain piteni.

Alfons katseli heidän menoaan ja kirosi jälleen kerran naiset ja alkoi uuden kerran laskea askeleitaan:

"Yksi, kaksi,.......... kuusikymmentä! Vihdoinkin! Tämän pitäisi olla se paikka."

Kurt oli sanonut, että siinä kohtaa olisi vain yksi kuusi ja laukku olisi sen alla.

Otsalampun valossa hän näki olevansa aivan kuusen vieressä ja laskeutui alas etsimään saalista. Pahaksi onneksi hän ei nähnyt siellä mitään kassia ja nousi takaisin seisomaan varmistaakseen, että oli oikeassa paikassa. Lähimailla ei näyttänyt olevan yhtään muuta kuusta, joten paikka oli varmasti oikea. Hän kurkisti uudelleen kuusen alle siirrellen aluskasvillisuutta ja kiviä, mutta sai lopulta todeta, ettei kuusen alla ollut mitään.

"Pahus! Ne naiset! Niillähän oli vihreä kassi! Niillä oli Kurtin saalis!"

Alfons juoksi henkensä edestä kohti paikoitusaluetta toivoen saavansa naiset kiinni. Saavuttuaan hengästyneenä Ladan luokse, hän totesi, että naiset olivat kadonneet. Suunniltaan epätoivosta hän istahti autoon ja tunsi olevansa pahemmassa liemessä kuin koskaan. Kurt soittaisi kohta kertoakseen mihin hän toimittaa laukun ja sen Alfons tiesi, ettei sen miehen kanssa ollut leikkimistä. Samassa puhelin soi.

"Menikö kaikki hyvin?" kysyi Kurt.

Vastausta odottamatta hän lisäsi: "Pidä laukusta huolta lauantaihin asti. Soitan sitten aamulla ja kerron mihin tuot sen ja saat rahasi. Ok?"

"Joo, okei", vastasi Alfons ja Kurt sulki puhelimen.

"Onneksi on vasta tiistai. Muutama päivä aikaa löytää ne akat ja se laukku. Muuten se on kaput!" totesi Alfons masentuneena.

Samalla hetkellä kaukana parkkialueen toisessa laidassa syttyivät auton ajovalot ja Alfons näki välähdyksen sinisestä autosta, joka lähti liikkeelle.

"Miksi sinä minua syytät siitä eksymisestä!" huusi Maija hurjaa vauhtia etenevän sisarensa perään, "itse innostuit niin noista rahoista, että lähdit poukkoilemaan mihin sattuu!"

"Lopeta toi iänikuinen valitus ja ala tulla! Täällä on kohta säkkipimeää!" vastasi sisko, jonka voimat alkoivat huveta.

Vaikka laukku oli painava, Raija halusi itsepäisesti kantaa sitä itse. Hänestä tuntui, että se antoi hänelle enemmän valtaa rahan suhteen, vaikka Maija todellisuudessa löysi ne.

"Mikä ihmeen hiippari siellä polulla oli?" ihmetteli Maija, kun lopulta pääsi siskonsa rinnalle.

"Mitä väliä sillä on?! Joku suunnistaja varmaan, kun sillä oli se otsalamppukin. Tule nyt!"

"Niin minäkin ensin luulin, mutta sitten huomasin, ettei se ollut pukeutunut mitenkään urheilijamaisesti. Sillähän oli sandaalit ja kauluspaita."

"No voi voi voi, todella! Sitten se oli joku kahjo, joka vaeltelee muuten vaan metsissä. Ei häirinnyt meitä millään tavalla, joten unohda!"

Maija huomasi olevan turhaa yrittää asiallista keskustelua, joten hän vaikeni, vaikka hänellä oli epäilys siitä, että miehellä saattoi olla jokin yhteys Raijan kantamukseen. Raija kiristi jälleen vauhtia. Pimeän keskellä saattoi juuri ja juuri erottaa pikku Peugeotin ääriviivat. Auto oli Anteron hääpäivälahja Maijalle ja joka kerta sen nähdessään Raija tunsi kirpaisun sydämessään. Hän mietti kateellisena, että vähän aikaa sitten hänkin oli ollut johtajan rouva. Kaikki oli ollut silloin mahdollista. He olivat yhdessä suunnitelleet kuinka rakentaisivat Kaijan ja Maran naapurustoon talon, joka jättäisi varjoonsa Kurttusten loistohuvilan. Toisinaan Raija mietti, että asiat olisivat luultavasti menneet paremmin, jos hän olisi ottanut itse johdon käsiinsä sen sijaan, että antoi avuttoman siippansa pilata kaiken.

Vihdoin he olivat auton luona.

"Avaa äkkiä ovet!" komensi Raija.

Maija painoi kuuliaisesti avaimesta ja lukot aukesivat valot vilkkuen. Raija istuutui etupenkille rahalaukku tiukasti sylissään. Maija pani nopeasti heidän kummankin kävelysauvat takaluukkuun. Hänen istuuduttua ratin taakse Raija sanoi:

"Nyt pitää päättää, missä näitä rahoja säilytetään."

"Entä jos rahat ovat jostain ryöstöstä? Voimme joutua vaikeuksiin!" Maija sanoi huolestuneena.

"Sinä kun aina sitä telkkariruutua tölläät uutisten aikoihin, niin että silmäsi ovat melkein neliskanttiset, oletko kuullut jostain ryöstöstä?" Raija tivasi.

"No en, mutta..."

"Siinä näet! Näitä rahoja tuskin kukaan kaipaa. Eikä ainakaan tarvitse niitä yhtä paljon kuin me. Yritä rauhoittua ja ajatella järkevästi! Tärkeintä on, ettei puhuta tästä kenellekään. Ei siis edes Anterolle tai Tapsalle. Lupaatko?"

"Kyllä minä sen voin luvata, mutta vähän kyllä pelottaa, että tässä käy huonosti. Sitä paitsi, mitä luulet ihmisten ajattelevan, jos sinulla on yllättäen rahaa käytössä, kun kaikki tietää, että olette Tapion kanssa vararikon partaalla?" Maija järkeili.

"Kiitos vaan muistutuksesta!" Raija sanoi vihaisesti, mutta jatkoi:

"No, ehdin kyllä miettiä sitä itsekin. Tämä tarkoittaa sitä, että nyt minun on otettava mikä tahansa työpaikka vastaan. Tuskin kukaan miettii sen jälkeen miten rahoja käyttelen. Menen siis museoon siivoamaan, koska muuta työtä ei kerran ole tarjolla. Sieltä museosta saattaisi kaiken lisäksi löytyä sopiva piilo rahoillekin. Mutta nyt ne on valitettavasti vietävä teille, koska meillä ei ole mitään paikkaa, mihin voisi piilottaa. Katsokin, että löydät paikan, jossa Antero ei käy!"

"No juu. Se ei ole vaikeaa. Kodinhoitohuoneen komero on takuuvarma paikka. En muista, että Antero olisi käynyt koko kodinhoitohuoneessa, puhumattakaan, että hän joskus kävisi komerolla", Maija totesi.

"Hyvä juttu! Vie minut nyt kotiin ja sitten kannat kassin teille niin ettei Antero huomaa! Minä alan valmistautua henkisesti siihen, että menen Kaijan luo työhaastatteluun. No, se on pieni hinta siitä, että asiat alkavat rullaamaan paremmin. Saa Kaija nähdä, että muutkin pärjäävät."

Maija nyökkäsi, starttasi auton ja kuten joka tiistai, hoiti kuljetuspalvelun suunnistaen kohti Raijan asuntoaluetta, joka oli kymmenen kilometrin päässä hänen omasta kodistaan. Matka kului hiljaisuuden vallitessa toisen naisen maalaillessa mielessään upeita tulevaisuudennäkymiä, joita äkkirikastuminen toisi tullessaan ja toisen miettiessä strategiaa, jolla saisi kummallisen näköisen urheilukassin kuljetettua kodinhoitohuoneeseen miehensä huomaamatta. Kumpikaan ei kiinnittänyt huomiota perässä tulevaan autoon, jonka suunta näytti olevan täsmälleen sama kuin heillä.

&

Maija kurvasi vuokralähiöön ja Raija nousi kotipihallaan pois autosta. Hänen haltioitunut ilmeensä kieli mielihyvästä, kun hän liihotteli kevein askelin kohti C-porrasta. Hän ei kiinnittänyt lainkaan huomiota ohittamaansa punaiseen Ladaan, joka oli pysäköity jonkin matkan päähän Maijan autosta.

Ensisilmäyksellä Alfons totesi, että autosta noussut nainen oli sama, joka oli kantanut kassia metsässä. Nyt hänellä ei ollut sitä mukana, joten sen täytyi edelleen olla sinisessä autossa, joka oli taas lähdössä liikkeelle.

Alfons lähti seuraamaan autoa.

Maija vilkaisi rutiininomaisesti taustapeiliin laittaessaan vilkun vasemmalle. Hän pani merkille takana ajavan auton ja kirkkaista ajovaloista huolimatta hän näki, että auto oli punainen. Miettimättä asiaa sen enempää, hän jatkoi matkaa.

Maija oli kiltisti alistunut määräilevän sisarensa suunnitelmaan, mutta ei suinkaan tuntenut samanlaista haltioitumista asian johdosta. Hänen oikeudentajunsa ei ollut valmis mukautumaan siihen. Hän piti varmana, että rahat olivat varastettuja ja jossain vaiheessa joku kaipaisi niitä. Maija halusi miettiä asiaa rauhassa ja valitsi kiertotien kotiinsa, niin että saattoi punnita ajatuksiaan. Tie oli hiljainen, sillä kiireiset autoilijat käyttivät mieluummin nopeaa ohitustietä mennessään heidän kaupunginosaansa.

Maija oli niin mietteissään, ettei huomannut ajonopeuden laskeneen reilusti alle sallitun ja takana olevan auton ajovalot häikäisivät vain muutaman metrin päässä. Hän lisäsi nopeutta pahoitellen sitä, että oli haitaksi muulle liikenteelle. Auto pysyi kuitenkin edelleen aivan kannassa. Seuraavan pitkän suoran kohdalla Maija hidasti tuntuvasti ja ajoi aivan tien reunassa päästääkseen häirityn ajajan ohitseen, mutta auto ei lähtenyt ohittamaan, vaan pysyi edelleen tiiviisti Peugeotin takana. Maija huomasi, että auto oli punainen ja sanoi ääneen:

"Täälläpäin taitaa olla omani lisäksi vain punaisia autoja. Siellä kuntopolun parkkialueen sivussa oli punainen auto ja Raijan luota lähtiessä oli punainen auto takana ja taas sama juttu. Tähän kaupunkiin on varmaan tullut tietämättäni laki, että vain punaiset autot ovat sallittuja."

Maijaa alkoi ärsyttää taustapeilistä heijastuvat valot ja hän hiljensi nopeutta edelleen, jotta toinen olisi voinut tehdä ohituksen. Taas auto vain hidasti vauhtiaan eikä lähtenyt ohi. Samassa Maija polkaisi kaasupoljinta oikein kunnolla, ja Peugeot ampaisi liikkeelle huomattavaa ylinopeutta. Niin myös perässä tuleva punainen auto. Kauhu alkoi hiipiä Maijan mieleen ja hän nappasi kännykkänsä viereiseltä penkiltä ja valitsi pikavalinnalla Raijan numeron samalla, kun hiljensi ajonopeuden normaaliksi. Raija ei vastannut.

"Voi ei! Sillä on taas puhelin äänettömällä. Mitä ihmettä minä nyt teen? Olen varmaan saanut rahakassin omistajan perääni!" hän huusi ääneen.

Maijan mielessä pyöri kaikkien hänen näkemiensä rikoselokuvien takaa-ajokohtaukset ja paniikki nosti päätään. Mihin hän voisi ajaa ollakseen turvassa? Hän tiesi Kaijan talon olevan melko lähellä ja päätti soittaa hänelle. Se oli vauhdissa hankalaa, koska hänellä ei ollut numeroa pikavalinnoissa. Hän sai avattua osoitekirjan ja näppäili K-kirjaimen ja kaikeksi onneksi Kaijan numero oli aivan ensimmäisenä. Valintaääntä kuunnellessaan, hän kuuli myös oman pulssinsa. Pahaksi onneksi Kaijan vastaaja meni päälle. Maija sulki linjan ja päätti yrittää tavoittaa Anteroa. Samalla hetkellä puhelin alkoi soida ja hän oli vähällä lyödä jarrut pohjaan säikähdyksestä. Hän näki, että soittaja oli Kaija ja huusi luuriin hätäisenä:

"Hei Kaija! Luulen, että olen vaikeuksissa. Oletko kotona?"

Maija kertoi lyhyesti tilanteen ja pyysi Kaijaa avaamaan pihaportin muutaman minuutin kuluttua ja odottamaan, kunnes hän ajaisi sinisellä autollaan pihaan ja sitten sulkemaan sen nopeasti ennen kuin häntä seuraava auto ehtisi tulla sinne. Ällistyneenä Kaija lupasi toimia niin ja yritti rauhoittaa itkuista sisartaan.

Maija oli tyytyväinen, että tunsi reitin Kaijan rantatalolle. Se oli Raijan ansiota, hän, kun oli pakottanut Maija-paran ajamaan sinne ja katsomaan salaa minkälaisessa huvilassa pikkusisko nykyään oikein asui. He olivat varmoja, että lehdet olivat liioitelleet esitellessään Kaijan asumista. Nähdessään talon, Raija oli epätoivoisesti koittanut löytää huonoja puolia siitä, mutta Maija oli vain henkeä haukkoen ihaillut sen kauneutta.

He olivat ajaneet sinne pikkutietä, etteivät paljastuisi, ja Maija muisti kuinka oli saanut taistella, että sai Peugeottinsa viemään heidät perille Kurttusten portin eteen. Hän joutuisi taas käyttämään tuota metsätietä, jonka kunnosta hänellä ei nytkään ollut tietoa, mutta uskoi selviävänsä siitä. Samalla hän toivoi hartaasti, että tie olisi takaa-ajajalle vieraampi. Silloin olisi mahdollista, että hän saisi sen karistettua kannoiltaan.

Hämärässä oli vaikea erottaa risteystä. Maija päätti olla käyttämättä vilkkua ja käänsi autonsa yllättäen vasemmalle. Hurjasta vauhdista huolimatta hän pääsi turvallisesti metsätielle. Ilokseen hän huomasi hännystelijän suhahtavan risteyksen ohi ja sai reilun etumatkan.

Hetken päästä hän näki, että auto peruutti takaisin ja suuntasi uudelleen hänen peräänsä. Maija löysi itsestään sisäisen rallikuskin ja kaasutteli niin lujaa kuin suinkin uskalsi pimeällä metsätiellä. Hurja vauhti sai kaikki viime ajolla huolellisen tarkasti väistetyt esteet ilman mukinoita sinkoilemaan metsän uumeniin. Peugeotin jättämä pölypilvi esti häntä näkemästä kuinka lähellä toinen auto oli, mutta hän uskoi samaisen pöllähdyksen myös pitävän välimatkan suurempana. Suunnaton helpotus valtasi hänet, kun hän lopulta huomasi olevansa risteyksessä, joka johti Kaijan talolle. Portti oli auki, kuten hänelle oli luvattu ja sulkeutui nopeasti hänen ajettuaan pihaan.

Seuraavaksi hän alkoi miettiä kuumeisesti kuinka selittäisi sisarelleen tilanteen. Hän tiesi, ettei voinut kertoa rahoista, sillä Kurttusen perhe oli läheisesti tekemisissä komisario Laitapuolen perheen kanssa. Sekin asia oli usein hiertänyt Maijan ja varsinkin Raijan mieltä kuin kivi kengässä. Silloinkin kun Laitapuolen miniä, Aada, oli soittanut kaupunginorkesterin solistina voitettuaan kansainvälisen sellokilpailun, paikallislehden kuvien joukossa oli yksi, jossa myös Kaija ja Mara poseerasivat yhdessä Laitapuolen perheen kanssa.

Toisaalta Maija olisi kaiken jälkeen ollut valmis nopeasti luovuttamaan kassin poliisille, jos ei olisi pelännyt Raijan vihaa lähes yhtä paljon kuin äskeistä takaa-ajajaa. Kaikilla perheenjäsenillä oli melko hyvä käsitys siitä, ettei Raijaa kannattanut suututtaa. Ajaessaan kohti muutaman auton parkkialuetta Maija huomasi, että koko talo oli valaistu ja parkkiruuduissa komeili kolme limusiinia. Kaikki viittasi siihen, että talossa oli kutsut meneillään. Ajettuaan autonsa parkkiruutuun, hän sammutti moottorin, nojasi selkänojaan ja sulki silmänsä miettien edelleen, miten selviäisi tilanteesta.

&

Alfons Härmä tunsi olevansa täydellisessä umpikujassa eikä tiennyt mitä voisi tehdä. Portin sulkeutuminen hänen nenänsä edessä oli kuin kuolemantuomio. Niin paljon hänessä ei ollut miestä, että olisi tunkeutunut loistohuvilan yksityisalueelle. Luultavasti puutarhassa piileskeli raatelijakoiria, jotka vain odottivat hänenkaltaistaan luisevaa saalista. Portinpylväässä oli kaksi kylttiä. Ylimmäisessä luki Kurttunen. Epäilemättä perheen sukunimi. Sen alapuolella olevassa luki: Ateljee – Mara Kurttunen.

Alfons veti johtopäätöksen:

"Rouva Kurttusella on nyt sitten hallussa Kurtin kassi ja Alfons on lauantaina päätään lyhyempi!"

Ajatus ei ilahduttanut häntä, joten jotain oli vielä pakko yrittää. Hän yritti löytää mielensä pakasta edes yhden kortin, joka helpottaisi hänen tilannettaan, mutta se oli vaikeaa, jollei nyt sitä lasketa, että hän tietää, missä "molemmat akat asuvat". Ei varsinainen valttikortti, mutta edes jotain.

&

Maijan miettiessä sopivaa selitystä Kaijalle, sisko jo seisoikin auton vierellä. Maija avasi oven ja katseli Kaijaa, joka näytti kauniilta kirkkaanpunaisessa leningissään, mutta aito huoli kasvoillaan:

"Maija! Olin tosi huolissani. Mitä oikein on tapahtunut? Kuka sinua seurasi?"

"Elikä se ei ollut mitään. Yksi punainen auto vain ajoi koko ajan kannoillani. Mielikuvitukseni taisi villiintyä ja

21

ajattelin jonkun seuraavan minua. Sitten soitin hätäpäissäni sinulle."

"Hyvä, että soitit! Olen joka tapauksessa iloinen, että tapaan sinut. Minulla on ollut ikävä sinua ja Raijaa, mutta en ole saanut kumpaakaan kiinni. Uskoin jo, että vanhat numerot eivät ole käytössä."

"On meillä samat numerot edelleen. Raijalla vaan on lähes aina puhelin äänettömänä ja jostain syystä itse unohdan aina puhelimen laukkuun, enkä kuule, kun se soi", Maija selitti.

"Tule sisälle! Meillä on vieraita, joille aina olen halunnut esitellä sinut. Oletko ruvennut treenaamaan?" Kaija kysyi, kun huomasi sisarensa lenkkeilyasun ja istuimella olevan kassin.

"No joo. Pakko vähän edes yrittää, ettei ihan pääse rapistumaan", Maija vastasi ja jatkoi epäröiden: "Teillä taitaa olla hienoa väkeä autoista päätellen. En kehtaa tulla näissä vaatteissa sisälle."

"Kyllä he tajuavat, että tulet treeneistä ja olet tietenkin sen mukaan pukeutunut. Tule nyt vaan!" sanoi Kaija tarttuen häntä kädestä.

Vastahakoisesti Maija totteli.

"Ihanaa, että vihdoinkin näet meidän talon. Olemme täällä niin onnellisia. Lapset viihtyvät paremmin kuin hyvin ja Maralla on ihana ateljee tuolla yläkerrassa."

Kaijan vilpitön riemu sai Maijan katumaan tuloaan. Hän ei todellakaan kestäisi juuri nyt kuulla siskonsa leuhkimista. Toisaalta hän oli pääsemättömissä, sillä punainen auto saattoi olla vielä lähistöllä vaanimassa. Hän seurasi vastahakoisesti sisartaan alakerran ruokasaliin, josta kuului vilkasta puheensorinaa. Viereisessä huoneessa lapset temmelsivät iloisesti.

Kaija huomasi Maijan katsovan leikkihuoneen ovea ja sanoi naurahtaen:

"Täällä tarvittaisiin kuulosuojaimia, jos ovi olisi auki. Yhdestätoista pojasta lähtee aikamoiset desibelit, vaikka välillä yritetään vähän rauhoittaa tilannetta."

Kaija esitteli siskonsa vierailleen ja kaikki tervehtivät häntä iloisena. Maija tunsi olonsa kiusaantuneeksi tuulipuvussaan. Vieraat eivät näyttäneet kiinnittävän asiaan mitään huomiota, vaan tervehtivät iloisesti osoittaen välitöntä kiinnostusta Kaijan sisareen, jota he eivät olleet koskaan ennen tavanneet. Venäjän suurlähettiläs Sergei Ustinov moiskautti kunnon poskisuudelmat Raijan molemmille poskille ja kehuskeli sisarusten yhdennäköisyyttä.

Säde tervehti pidättyväisemmin Maijaa. Hän oli tavannut tätiään niin harvoin, että kaikki muut läsnäolijat tuntuivat hänestä paljon läheisemmiltä.

Pöydässä oli siirrytty jälkiruokaan. Maija kieltäytyi lämpimästä ruoasta, joten hänelle katettiin pöytään oma jälkiruoka-annos ja kupillinen kahvia. Vaivautuneena hän istuutui iloisen suurlähettilään viereen ja väkinäinen hymy kasvoillaan hän toivoi, että tilanne olisi pian ohi. Juotuaan kahvin, hän totesikin, että Antero oli jo varmasti huolissaan, joten hänen pitää lähteä.

"Mara voi tuoda sinut. Minä voin ajaa sinun autollasi huomenna kaupunkiin, kun menen töihin. Sitten sinun ei tarvitse pelätä, että joku seuraa sinua", Kaija ehdotti.

Maija aikoi kieltäytyä, mutta ajatus punaisesta autosta todella pelotti häntä ja hän suostui.

"Täytyy ottaa kassi autosta, että saan jumppavaatteet pyykkiin", totesi Maija ulos päästyään Maralla ja tunsi itsensä nokkelaksi ensimmäistä kertää lähituntien aikana.

"Totta kai!" totesi Mara ja oli Peugeotin luona ennen kuin Maija ehti nielaista ja nappasi laukun penkiltä.

Hän yllättyi sen painosta ja totesi: "Keilailemassako sinä käyt?"

Maija ei ollut kuulevinaan, vaan istuutui Maran autoon.

&

Tapio löhösi sohvalla eikä noussut edes istumaan Raijan tullessa reilusti oletettua myöhemmin kotiin. Mies piteli olutpulloa vatsallaan, joka näkyi paljaana löystyneiden verryttelyhousujen ja t-paidan välissä.

"Teillä olikin tänään sitten vähän pidempi lenkki vai? Onkos Kaijasta tullut lisää puhuttavaa? Meinaan vaan, kun sun saippuasarjas meni jo, etkä yleensä jätä sitä väliin."

Raija ei vastannut, vaan meni keittiöön hakemaan itselleen jääkaapista kylmän oluen ja palasi sen jälkeen olohuoneeseen.

"Ihan kuin meillä ei olisi muuta puhuttavaa kuin Kaija! Itse asiassa meni myöhään, kun juteltiin meidän tulevaisuudesta. Siis sinun ja minun!"

Tapio nousi istumaan.

"Mitä siitä? Mitä tekemistä muka Maijalla on sen kanssa? Meidän tulevaisuuden! Eikö meidän kahden kuuluisi puhua siitä keskenämme?"

"No, olenpahan huomannut sinun kanssa käydyt keskustelut aika hedelmättömiksi. Itse asiassa olen päättänyt mennä töihin. Menen museoon siivoomaan."

"Johan on... kun Kaija siivosi siellä, pidit sitä maailman ala-arvoisimpana työnä ja nyt olet itse menossa tekemään sitä!?"

"Silloin minulla oli mies, joka tienasi! Nyt se on pelkkä luuseri, joka makaa sohvalla ja kittaa kaljaa. Ja se on ainoa työ jonka voin saada. Me tarvitaan rahaa, että joskus päästään pois tästä rupisesta luukusta!" raivosi Raija osoitellen heidän vaatimatonta olohuonettaan.

"Ei tässä kämpässä mitään vikaa ole! Ja onhan meillä vielä rahaakin tilillä. Minä kun olin niin fiksu, että avattiin tili kaverin nimellä ennen konkkaa ja tehtiin pikku talletus!"

"Siitä ei nyt ole enää kauan iloa. Jotain viisi tonnia ehkä jäljellä, kun viimeksi nostin. Niin, että ala vaan sinäkin harkita työvoimatoimistoon suunnistamista!"

"Mikäs hätä tässä nyt sitten on, kun sinä kerran rupeet siivoojaksi. Ei ole meikäläisen kivaa mennä kuulemaan, ettei sopivia paikkoja ole tarjolla."

"Sanos muuta! Ehkäpä herran olisi aika tarttua johonkin vähemmän sopivaan, niin kuin minä joudun tekemään."

Tapio nousi seisomaan ja yritti näyttää ryhdikkäältä sanoessaan:

"Itse asiassa minulla on vähän virityksiä. On vaan niin suunnitteluasteella, ettei siitä vielä viitsi paljon puhua."

"Sen kun näkisi!" tuhahti Raija pahantuulisena ja meni keittiöön käydäkseen tiskivuoren kimppuun.

Juuri kun hän oli saanut pinottua tiskit koneeseen, puhelin soi! Hän kiirehti vastaamaan. Varmaan Maija ilmoittaisi olevansa turvallisesti kotona.

"Haloo...! Onko se Maija... ai... anteeksi... pieni hetki. Tapio, tämä on sinulle... joku Kurt?"

Tapio tarttui puhelimeen.

"No terve! Odottelin tätä soittoa jo pari tuntia sitten. Mitä nyt? Ai Alfons! Oli aivan innoissaan, kun pääsi mukaan ja on ihan luotettava veikko. On minun darts-porukassa pubissa. Miksi sinä sitä kysyt?"

Raija kuunteli ihmeissään. Kuka oli Kurt?

"Ei... oli varmaan vaan niin innostuksen tärinässä ja satun tietämään, että homma tuli sille ihan tarpeeseen, kun on ollu niin tiukoilla. Voit luottaa minun sanaani, onhan itsellänikin aika lailla liossa", totesi Tapio vielä ennen kuin sulki puhelimen.

Kääntäen selkänsä kysymysmerkkinä seisovalle vaimolle, hän ilmoitti poikkeavansa vielä yhdellä kaljalla ja lähti.

&

Maija vilkaisi sivusilmällä Maraa ja huomasi, että hän oli todellakin muuttunut. Häntä tuskin tunnisti samaksi mieheksi, jota Maija ei mielellään ollut huomaavinaan, jos sattui näkemään hänet kaupungilla. Tarkemmin katsoen hän näytti oikeastaan suorastaan komealta!

Maija muisti tunteensa ajalta, jolloin Mara ja Kaija menivät naimisiin. Vaikka Maija oli neljä vuotta siskoaan vanhempi ja Raija viisi, niin Kaija löysi itselleen miehen ennen heitä. Se oli ollut lähestulkoon loukkaus heitä kohtaan ja pakko oli myöntää, että Mara oli silloin hyvin puoleensavetävän näköinen ja oli aivan ällöttävän rakastunut Kaijaan. Kaija tietysti oli aivan lääpällään Maraan ja kuvitteli olevansa koko maailman keskipiste uskoessaan kaikkien olevan autuaan onnellisia heidän puolestaan, ikään kuin elämässä ei olisi ollut mitään muuta kuin tulevat häät.

Auvoisat lähtökohdat olivat siskojen helpotukseksi muuttuneet melko nopeaan tahtiin suurperheen arkiseksi aher-

27

rukseksi. Lopulta Maran työttömyys oli sinetöinyt perheen kohtalon ja saanut aikaan sen, että Kaija uurasti yksin perheensä eteen. Mara tyytyi makaamaan kotona tyhjennellen viinapulloja sammumispisteeseen asti.

Raija ja Maija nauttivat vahingoniloisina tilanteesta ja vannoivat varjelevansa omat vartalonsa lasten tekemiseltä. Raijalle ei ollut erityisen vaikeaa pysyä päätöksessään, sillä sen paremmin Tapio kuin hänkään ei ollut kovin lapsirakas. Sen sijaan Antero olisi mielellään nähnyt perheensä kasvavan ainakin parilla lapsella. Aluksi Maija oli ollut ehdoton, mutta oli myönnettävä, että joskus hän löysi itsensä haaveilemasta omasta vauvasta, vaikka toistaiseksi päätös oli pitänyt.

Mara katkaisi Maijan mietteet, kun hän alkoi puhua:

"Oli kiva, kun tulit käymään. Teillä sisaruksilla on vain toisenne, ja Kaija kertoo usein kaipaavansa teitä molempia ja on pahoillaan, kun ei ole saanut yhteyttä. Toivottavasti tämä merkitsee uuden alkua ja tapaisitte useammin. Minustakin se olisi mukavaa, enkä panisi pahakseni, jos joskus tapaisin Anteron ja Tapionkin. Miten heillä nykyisin menee?"

"Ihan mukavasti. Antero on edelleen konttoripäällikkö. Töitä on vaan koko ajan enemmän, kun toiminta laajenee."

"Entä Tapio. Vieläkö hän on pomona siellä tehtaalla?"

Maija mietti tarkoin, mitä Raija toivoisi hänen vastaavan ja sanoi epämääräisesti, että Tapiolla on nykyään oma yritys, mutta se ei nyt mene oikein hyvin, kun ajat ovat aika epävarmat. Mara myönteli ja totesi voivansa jossain vaiheessa soittaa Tapiolle, sillä hän oli vähän samassa tilanteessa, kun itsekin oli yrittäjä. Maija ei vastannut, sillä hän pelkäsi jo nyt puhuneensa sivu suunsa ja saavansa läksytyksen Raijalta, jos keskustelu tulisi hänen tietoonsa. Onneksi he olivatkin jo perillä. Mara pysäytti auton ja nousi avaamaan Maijalle oven.

"Kylläpäs sitä ollaan kohteliasta!" mietti Maija ja kiirehti takaluukulle ehtiäkseen napata kassin ennen kuin Mara taas saisi syyn ihmetellä sen painoa.

Mara oli ihmeissään äkkinäisestä toiminnasta, sillä hän oli ajatellut saatella Maijan kotiovelle ja auttaa kassin kantamisessa.

"Voin kyllä auttaa", hän sanoi kysymysmerkkinä.

"Ei tarvitse! Olen tottunut tähän, kun kuljetan tätä joka tiistai. Kiitos kyydistä! Soitan Kaijalle huomenna autosta."

"Hyvä! Kerro Anterolle terveisiä ja toivottavasti tavataan taas pian", sanoi Mara vilpittömästi Maijan takaraivolle. Kun hän avasi oven istuutuakseen autoon, nainen oli jo poissa näkyvistä.

Mara pudisti päätään mietteissään. Maijan tilanteessa oli kyllä jotain tosi outoa. Olikohan hän ihan kunnossa? Oliko joku todella ajanut häntä takaa? Mara istahti ratin taakse ja siirsi ajatuksensa shakkimatsiin, joka jäi jännittävään vaiheeseen hänen lähdettyä. Sergei oli yleensä ylivoimainen, mutta Maralla oli tunne, että tänä iltana hän voittaa.

Ystävyys suurlähettilään perheen kanssa oli syventynyt osittain lasten kautta. Perheiden pojat viihtyivät tosi hyvin yhdessä. Sergein vaimo Tatjana oli samalla aaltopituudella Kaijan kanssa ja molempia yhdisti vilpitön halu oppia toistensa kieltä. Laitapuolen Oili ollut heidän tukenaan tässä pyrkimyksessä ja siten oikeastaan koko Laitapuolenkin perhe oli nivoutunut mukaan heidän arkeensa. Heistä kaikista oli muodostunut kuin yksi suuri perhe. Joskus yhteisten illanviettojen jälkeen Mara kiitteli Kaijaa talon löytämisestä ja käski miettiä, kuinka hankalaa olisi ollut, jos kaikki nämä ystävät olisivat ahtautuneet heidän vanhaan kotiinsa.

&

Maija avasi oven niin hiljaa kuin pystyi, valmiina hiippailemaan suoraan kodinhoitohuoneeseen. Jos hänellä olisi onnea, Antero olisi sulkeutunut työhuoneeseensa tietokoneen ääreen.

Ei ollut onnea!

Kun hän pääsi eteiseen, Antero seisoi tuiman näköisenä häntä vastassa tummassa puvussa ja valkoisessa paidassa. Maija avasi kiireesti vaatekomeron oven ja sujautti vihreän kassin sen lattialle.

"Rouvalta taisi unohtua jotain!" totesi Antero kuivasti.

"Ai, kuinka niin?"

"Sinulle taitaa siis olla täysin yhdentekevää, minkälaisen vaikutuksen teen esimieheeni, vaikka olen saanut sen käsityksen, että ajatus päästä uuden haarakonttorin johtajan vaimoksi ei olisi mitenkään vastenmielistä sinulle."

"Voi, anteeksi! En tehnyt tätä tahallani. Rengas puhkesi, kun tulin pikkutietä ja niin kuin tiedät, en osaa itse vaihtaa renkaita. Puhelimestakin loppui akku. Arvaa, olinko todella pulassa siellä pilkkopimeässä? Onneksi Kaijan Mara sattui kuin ihmeen kaupalla tulemaan paikalle ja heitti minut sitten kotiin. Hän lupasi palata vaihtamaan renkaan, että ehdin ajoissa, kun kerroin tärkeästä illallisesta", vuodatteli Maija yrittäen pysyä kuivilla.

"Ei sille taida enää voida mitään. Meidän piti olla kello kahdeksan siellä ravintolassa eli kahdenkymmenen minuutin kuluttua. Ja sinä olet verskoissa!"

"Soita vaan taksi! Kymmenessä minuutissa olen valmis!" lupasi Maija.

Kuinka hän oli voinut unohtaa illallisen!? Siitä hetkestä alkaen, kun hän oli lukenut lehdestä yrityksen avaavan sivukonttorin naapurikaupungissa, Maija oli miettinyt sen olevan mahdollisuus Anterolle, jota pidettiin hyvänä ja tunnollisena päällikkönä.

Antero kertoi seuraavana päivänä todella olevansa mukana johtajakisassa. Hänen ainoa vastuksensa oli nuori konttoripäällikkö kilpailevasta yrityksestä. Hänen mukaansa mahdollisuudet olivat todella hyvät, jos vaan Maija olisi valmis sellaiseen muutokseen. Ja Maijahan oli! Hän alkoi innokkaasti huolehtia siitä, että Antero näyttäytyi edukseen työpaikalla. Hän tarkisti joka aamu, että housujen prässit olivat kunnossa ja paidankaulukset puhtaina.

Lopulta koitti päivä, jolloin Antero kertoi esimiehen kutsusta illalliselle vaimoineen. Maija oli hypätä kattoon, sillä hän oli varma, että Anterosta tulisi uusi johtaja. Kun hän kaiken lisäksi moneen kertaan varmisti, että kutsu oli todella vain heille kahdelle eikä esimerkiksi kilpakumppani vaimoineen olisi tulossa sinne, hän alkoi olla todella toiveikas.

Maija kipusi yläkertaan ja kävi nopeasti suihkussa. Kaikeksi onneksi hän oli jo päiviä aikaisemmin miettinyt mitä pukisi päälleen, joten hän nappasi vaatetangolta vedenvihreän silkkipuvun, joka sai hänen silmänsä säihkymään saman värisinä ja siihen sopivat kengät. Pikaisen ehostuksen jälkeen hän oli valmis lähtöön. Hän onnistui siinä kymmenessä minuutissa, kuten oli luvannut.

Juuri kun oli astumassa ulos ovesta, hän muisti vaatekaapissa olevan kassin. Antero oli ehtinyt jo ulos ja Maija kehotti häntä vain menemään edellä taksiin, hän tulisi kohta. Hän nappasi laukun ja viskasi sen kiireesti kodinhoitohuoneen puolelle. Hän yritti tolkuttaa itselleen, että muistaisi siirtää sen ennen nukkumaanmenoa pesuainekaappiin, kuten oli suunnitellut, siltä varalta, että Antero yllättäen poikkeaisi tavoistaan ja kävisi huoneessa.

&

Alfons Härma istui ypöyksin, levottomana ja pettyneenä, pubin perimmäisessä nurkassa. Mikään ei ollut sujunut suunnitelmien mukaan, vaan kaikki oli mennyt käsittämättömästi pieleen niin kuin viime aikoina aina.Vielä puoli vuotta sitten hän oli tuntenut olevansa elämänsä huipulla.

Hänellä oli ollut vakituinen työ bussikuskina ja vaikka se nyt ei olekaan mikään huippuvirka, hän oli tienannut oikein mukavasti, kunhan suostui tekemään yövuoroja.

Juuri yövuorolla hän oli sitten tavannut Lindan. Bussi oli tyhjillään, mutta sitten eräältä pysäkiltä nousi kyytiin kaunis, runsasmuotoinen blondi. Alfonsia ilahdutti ensin jo se, että sai juttukaverin yön hiljaisuudessa eikä siitäkään ollut mitään haittaa, että Linda oli kaunis. He olivat heti samalla aaltopituudella ja keskustelu oli niin intensiivistä, että Linda tajusi ajaneensa ohi pysäkkinsä ja matkusti sitten päätepysäkille. Paluumatkalla Lindan jäädessä pois oikealla pysäkillä, Alfons uskoi löytäneensä sielunkumppanin, jota oli aina kaivannut. He sopivat tapaamisesta ja erään menestyksellisen darts-kisan jälkeen, Alfons tarjosi koko joukkueelleen juomat ja kosi Lindaa.

Seuraavana päivänä Linda kertoi löytäneensä unelmiensa hääpuvun ja Alfons luovutti iloisin mielin Visa-korttinsa rakkaansa käyttöön. Oli selvää, ettei hän voinut olla itse mukana, koska kaikkien tiedossa on, että olisi oman onnensa uhmaamista, jos sulhanen ehdoin tahdoin näkisi morsiamen hääpuvun ennen aikojaan. Niinpä Alfons hymyili leveästi vilkutellessaan kotipihallaan vastahankitun Corollansa ikkunalle, sen ajaessa pois pihalta liikenteen vilinään, mukanaan hänen kaunis morsiamensa ja Visansa. Se olikin sitten viimeinen yhteys näihin kaikkiin. Alfonsille paljastui taas karmivalla tavalla naisihmisten taipumus petollisuuteen ja hän häpesi hyväuskoisuuttaan.

# &

Kurt Kurhi imeskeli nuhruisessa yksiössä yhtä viimeisistä kuubalaisista sikareistaan, joita hänellä oli jäljellä paremmista ajoista Ruotsissa. Kaikki oli ollut toisin. Sikarit lennätettiin suoraan Kuubasta ja toimitettiin kotiovelle asti eikä tarvinnut säästellä kustannuksissa. Tukholman Strandvägenillä asuminen kieli siitä, että hän kuului menestyjiin, sillä sellaisia asui hänen ympärillään. Kurt oli saanut paljon huomiota myös ulkonäkönsä vuoksi ja olikin eräänä vuonna jopa valittu Ruotsin tavoitelluimmaksi poikamieheksi.

Hän oli yhdessä ystävänsä Torsten Rylöfin kanssa perustanut yrityksen, jonka liikeidea toimi juuri niinä vuosina, jolloin yleensä yrityksillä oli vaikeampaa. Taivas oli rajana, kun miehet elelivät tuhlailevaa elämää ja nauttivat menestyksestä.

Toiminnan ollessa hyvässä vauhdissa, Kurt alkoi miettiä enemmän omaa tulevaisuuttaan ja alkoi tehdä rahansiirtoja omiin taskuihin vähän kerrallaan. Hänellä oli Sveitsissä tili, johon hän ohjasi osan rahoista. Sen lisäksi hän nosti silloin tällöin selvää käteistä euroina siltä varalta, että tarvitsisi nopeasti käyttövaroja, jos syystä tai toisesta tulisi kiireinen lähtö Eurooppaan.

Valitettavasti tilintarkastus Kurtin varovaisuudesta huolimatta löysi epäselvyyksiä, joita lähdettiin tarkemmin tutkimaan. Saman tien alkoi julkisuusmylly, jossa komea Kurt esiintyi suoraselkäisenä ihmetellen mitä oli voinut tapahtua. Torsten puolestaan oli järkyttynyt ja huolissaan itsensä ja perheensä puolesta ja siitä mitä voisi seurata tilanteesta.

Hänen huomattavasti vaatimattomampi olemuksensa ja selvä huolestuneisuutensa leimattiin syyllisyydeksi siinä vaiheessa, kun oli selvää, että jotain vilppiä oli tapahtunut. Varsinaista todistusaineistoa ei kylläkään ollut löytynyt.

Virallisen tutkinnan rinnalla Torsten alkoi tehdä omaa kartoitustaan ja sai selville, että Sveitsissä oleva tili, joka tilintarkastuksessa vaikutti erään tavarantoimittajan pankkitililtä, kuuluikin todellisuudessa hänen liikekumppanilleen Kurt Kurhille. Luonnollisesti hän halusi puhdistaa oman maineensa ja turvata lapsilleen läsnäolonsa sen sijaan, että viettäisi vuosikausia vankilassa, joten hän ilmoitti Kurtille lyhyesti vaativansa poliisitutkintaa.

Seuraavana aamuna Torsten Rylöf odotteli junaa metroasemalla, kuten sadat muutkin aamuliikenteessä. Hän oli tottunut siihen, että ihmiset tungeksivat ympärillä. Kaikesta huolimatta tunnelbana oli hänen mielestään paras tapa matkustaa toimistolle. Autossa istuminen ruuhka-aikaan oli huomattavasti tuskastuttavampaa. Etuna oli myös se, että Lotta, hänen vaimonsa, sai käyttöönsä auton kuljetellessaan lapsia harrastuksiin ja käydessään ostoksilla. Olihan heillä taloudellisesti mahdollisuus kahteen autoon, mutta se tuntui todella tarpeettomalta.

Yllättäen kuin aaltoliikkeenä, junan tullessa asemalle, väkijoukko asemalla hiljeni. Oli tapahtunut jotain järkyttävää! Mies oli pudonnut tungoksessa laiturilta suoraan saapuvan junan eteen. Kaikki tapahtui niin nopeasti, ettei kukaan ehtinyt estää sitä. Väkijoukon huomio oli suuntautunut junan etuosaan eikä kukaan pannut merkille mustiin pukeutunutta miestä, joka kiirehti puolijuoksua kohti liukuportaita.

Kurt saapui hengästyneenä kotiinsa Strandvägenille. Hän tyhjensi kassakaapista käteisvaransa tällaista tilannetta varten hankittuun vihreään kassiin ja heitti mukaan vielä käsiaseen ja sikarirasiansa. Hän rakasti juuri hankkimaansa uutta Volvoa eikä halunnut luopua siitä, vaan soitti nopeasti tuntemalleen luotettavalle tyypille ja pyysi tätä toimittamaan sen huomaamattomasti Suomeen. Saatuaan sovittua korvauksesta ja toimitustavasta, hän lähti, luomatta silmäystäkään upeaan huoneustoonsa, jossa oli viettänyt tuhlailevaa poikamieselämää monta vuotta. Päästyään kadulle hän nappasi taksin lennosta ja suuntasi Arlandaan.

Turvatarkastus oli Suomen lennoille hyvin ylimalkainen ja Kurt huomasi ilokseen, että kassin sisältö ei herättänyt minkäänlaista kiinnostusta. Tullimies tuskin vilkaisi monitoriin työnnettyään kassin läpivalaistavaksi. Sen sijaan muutama kolikko taskussa pakotti toisen tunnustelemaan hälytyksen aiheuttajaa, kun hän itse asteli laitteen läpi.

Seuraavana aamuna lööpit kirkuivat suurliikemies Torsten Rylöfin itsemurhasta maanalaisen asemalla. Kurt oli jo turvallisesti Suomen puolella. Lehtikirjoitukset pitivät varmana, että Torstenilla oli motiivit itsemurhaan. Poliisi oli saanut tietoonsa firman talousepäselvyydet ja uhrin syyllisyys näytti ilmeiseltä. Liikekumppania yritettiin tavoittaa, mutta hän oli kadonnut. Poliisi käynnisti tutkimukset ja löysi tiedot Kurt Kurhin matkasta Suomeen. Jäljet loppuivat lentokentälle, eikä löytynyt tietoja mihin hän oli suunnannut sieltä. Autovuokraamot tarkastettiin, mutta Kurt Kurhin nimeä ei löytynyt vuokraajien joukosta. Näytti siltä, että mies oli turvassa pakopaikaksi valitsemassaan merenrantakaupungissa.

Kurtin poistuminen Ruotsista antoi poliisille näyttöä siitä, etteivät epäselvyydet talousasioissa kenties olleetkaan yksinomaan Torstenin tekosia, vaan myös liikekumppanilla oli jotain salattavaa. Itse asiassa tutkimusten edetessä alkoi olla ilmeistä, että Torstenilla ei ollutkaan mitään osuutta rahojen kavaltamiseen, vaan hän oli syytön, aivan kuten oli vakuutellutkin. Se puolestaan sai epätoivoisen teon maanalaisen asemalla näyttämään vähintäänkin oudolta.

Kurt seurasi Ruotsin uutisia ja huomasi olevansa huomion keskipisteenä poliisin tutkinnassa. Lentokentän valvontakamerat olivat rekisteröineet hänen vaatetuksensa ja kantamuksensa. Vihreä urheilukassi sai suurta huomiota tiedotusvälineissä, vaikka tullimiehet vakuuttelivatkin, ettei mitään epämääräistä oltu havaittu. Eräs heistä kyllä muisti tutkineensa miehen portin jälkeen taskussa olleiden kolikoiden vuoksi.

Alkoi tuntua sen verran tukalalta, että Kurt teki ratkaisun ja piilotti laukun metsään, kunnes tilanne rauhoittuisi. Jos hän joutuisi kiinni, ei olisi mitään näyttöä, joka syyllistäisi häntä.

Nyt parin kuukauden jälkeen alkoi näyttää siltä, että hän oli turvassa. Hän oli myös päättänyt heti saatuaan kassin takaisin haltuunsa, siirtää rahat muualle ja heittää paljon puhuttu vihreä kassi suoraan roskiin. Kaiken varalta hän ei kuitenkaan itse lähtenyt hakemaan kassia.

Kuinka ollakaan! Juuri kun hän oli Alfonsin kanssa saanut sovittua toimeksiannosta, hän löysi pikku-uutisen Dagens Nyheteristä, jossa väitettiin poliisin tietävän hänen olinpaikkansa ja että olisi vain ajan kysymys, milloin hän joutuisi kiinni. Kurt epäili tietoa, mutta arveli, että poliisi kenties oli päätellyt hänen oleskelevan Vaasassa, missä hän oli asunut ennen Ruotsiin muuttoa. Hän katsoi parhaaksi, että rahat olisivat Alfonsin hallussa vielä muutaman päivän.

Häntä alkoi kuitenkin huolestuttaa, oliko Tapsa Möttösen suosittelema kaveri sittenkään niin luotettava kuin mitä hänelle oli vakuuteltu. Tyyppi vaikutti jotenkin omituiselta. Tarpeeksi kauan mietittyään hän päätteli:

"Turhaan vauhkoilen kiinnijäämisestä. Eiväthän ne ole vielä löytäneet Palmen murhaajaakaan."

Hän päätti soittaa uudelleen Alfonsille ja ilmoittaa, että hän haluaa sittenkin kassin heti.

Kurt katsoi kelloa, kun Alfons vastasi humaltuneena kovan musiikin ja metelin keskeltä. Hän tajusi, ettei asiaa voisi enää tänään hoitaa. Hän ilmoitti vain, että haluaa sittenkin kassin jo huomenna ja soittaisi vielä uudelleen tapaamispaikasta. Alfons vastasi: "Okei!" ja Kurt sulki puhelimen.

Alfons oli täysin poissa tolaltaan! Hän lähti pubista ja käveli kaupunkia ristiin rastiin aamun kajastukseen saakka, jolloin hän vihdoin tunsi saaneensa päänsä selväksi. Vähän ennen viittä hän nousi autoonsa ja ajoi Kurttusten portille ollakseen valmiina sitten, kun jotain alkaisi tapahtua.

Hän nousi autosta, jätti sen pensaiden katveeseen ja piiloutui pensaikkoon portin vieressä. Oli aivan hiljaista, sillä kello oli vasta vähän yli viisi. Kerta toisensa jälkeen

Alfonsin silmät painuivat kiinni ja hän heräsi vasta, kun muksahti maahan. Parin tunnin odottelun jälkeen hän huomasi havahtuessaan, että talossa oli syttynyt valo yhden ikkunan takana. Oli aika terästäytyä!

&

Totuttuun tapaan Kurttusilla heräiltiin seitsemän aikoihin. Kaija oli lähdössä museoon yhdeksäksi. Hän toivoi vihdoin saavansa siellä asiat järjestykseen, sillä hänen entinen siivousalueensa oli edelleen vailla vakituista työntekijää. Sijaisista yksikään ei tullut kysymykseen, sillä kukaan heistä ei tehnyt kovin hyvää työtä. Kaija vaati seuraajaltaan moitteetonta jälkeä, kuten aina oli vaatinut itseltään. Kenties tänään työvoimatoimisto tarjoaisi varteenotettavia hakijoita.

Säde lähti äitinsä mukana, sillä hän oli alkanut harrastaa taitoluistelua. Hänellä oli erinomainen valmentaja, nimittäin heidän perheystävänsä ja Venäjän suurlähettilään vaimo Tatjana Ustinova, joka oli nuoruudessaan ollut menestyksekäs taitoluistelija. Kun Tatjana kuuli, kuinka innostunut Säde oli luistelusta, hän itse tarjoutui tukemaan häntä. Tyttö osoittautuikin erittäin lahjakkaaksi, itse jo harjoiteltuaan viisivuotiaasta lähtien perusasioiden lisäksi jopa erilaisia hyppyjä ja piruetteja, joskin tekniikassa oli toivomisen varaa. Säde oli niin innoissaan luistelusta että vaikka se merkitsi aikaista heräämistä aamuisin, hän teki sen iloisin mielin mukisematta. Tyttö pakkasi vihreän urheilukassinsa jo illalla valmiiksi, sillä kahden luistinparin lisäksi piti muistaa kaikki muutkin tarvikkeet, jotka helposti unohtuisivat aamukiireessä.

Jäähalliin oli lyhyt matka museolta, joten Säde vietti aikaa äitinsä kanssa museossa. Luisteluaika oli varattu kello kymmeneksi, joten hänellä oli tunti aikaa ja hän ehtisi mainiosta tavata myös Oilia, joka tätä nykyä johti museota. Kaija ja Säde lähtivät liikkeelle Maijan autolla. Mara lupasi työnsä jälkeen hakea Kaijan museosta, kun Maija olisi noutanut oman autonsa sen parkkipaikalta.

&

Alfons hätkähti, kun talon pääovi avautui. Nainen ja tyttö lähestyivät iloisesti rupatellen sinistä autoa. Tyttö kantoi painavan näköistä vihreää kassia, jonka heitti muina miehinä takapenkille äidin avattua auton ovet. Alfons katseli lumoutuneena, kuinka hänen tulevaisuudentoivonsa katosi tunteettomasti auton takapenkille. Olisi voinut luulla, ettei naisella ja tytöllä ollut mitään käsitystä laukun sisällöstä, vaikka se tuntui mahdottomalta ajatukselta. Pakkohan heidän oli tietää! Mitä he oikein aikoivat?

Ajatuksissaan Alfons seisoi portilla vielä siinä vaiheessa, kun sininen auto jo oli liikkeellä. Tajutessaan tilanteen hän juoksi kiireesti omalle autolleen. Hän ehti avata oven juuri kun portit aukesivat, ja Peugeot kääntyi siitä kaupungin suuntaan.

"Äiti, näitkö sen punaisen auton, johon se mies juoksi? Miksi se mahtoi olla meidän talon edessä?"

"Varmaan joku mainosten jakaja. Harvinaisen aikaisin kyllä liikkeellä, mutta heillä taitaa olla vapaat aikataulut ja tämä oli varmaan uusi, kun en ole aiemmin nähnyt tuollaista autoakaan."

"Joo. Mietin vain sitä Maija-tädin juttua... hänhän sanoi, että häntä seurasi punainen auto, muistatko?"

"Omituinen sattuma varmaan vain", naurahti Kaija, mutta päätti kuitenkin saman tien tarkistaa asian.

Hän pani vilkun oikealle ja pysähtyi kadun varteen. Lada ajoi rauhallisesti ohi eikä kuljettaja vilkaissutkaan heihin päin, vaan jatkoi matkaa.

"Se siitä! Siinä ei ainakaan ollut Maijan hännystelijä", sanoi Kaija tyttärelleen hymyillen ja myös helpottuneena, sillä näennäisestä rauhallisuudestaan huolimatta, hänkin oli hetken ollut huolissaan.

Karsinakatu oli pieni ja huomaamaton, ja Kaija ohitti risteyksen panematta merkille punaista Ladaa, joka oli pysähtynyt kadun varteen. Kadulla oli yhä enemmän liikennettä, joten Alfons saattoi jälleen melko turvallisesti lähteä seuraamaan Kaijaa ja hänen tytärtään.

Museon kohdalla Alfons epäili hetken kadottaneensa kohteensa näköpiiristään, kun siihen asti matka oli sujunut ilman kommelluksia ja hän oli pystynyt seuraamaan sitä vaivattomasti.

Kaija oli ajanut sisään museon pihalle ja siellä sisäänkäynnin edustalla olevaan omaan parkkiruutuunsa.

Alfons oli hetken ymmällä, koska ei ollut nähnyt auton ajavan portista sisään, mutta ei nähnyt sitä missään kadulla. Nopeasti hän päätteli sen ajaneen johonkin pihaan, mutta mihin? Tuskan hiki alkoi nousta hänen otsalleen. Hän ajoi autonsa vapaana olevalle mittaripaikalle ja päätti tarkistaa lähipihat. Jospa nainen oli töissä museossa ja meni sinne? Hän asteli museon pihaan ja huokaisi helpotuksesta nähdessään heti sinisen auton pysäköitynä.

Nainen ja tyttö nousivat juuri autosta iloisesti rupatellen. Alfons huomasi, ettei kumpikaan heistä kantanut kassia. Se tarkoitti sitä, että kassi jäisi autoon. Alfons ei ollut uskoa hyvää onneaan. Oli maailman yksinkertaisin asia napata laukku autosta!

Juuri kun äiti ja tyttö olivat menossa ovesta sisään, tyttö käänsi katseensa Alfonsin suuntaan ja jatkoi sitten matkaa.

"Toi pikkulikka mulkoili siellä kotiportillakin taakseen. Kumma tapa! Toivottavasti ei tunnista meikäläistä!" sanoi Alfons itsekseen.

"Äiti, älä nyt heti katso, mutta luulen, että tuolla portilla seisoo se sama mies, joka oli äsken meidän portilla."

"Voi sinua Säde! Sinulla taitaa mielikuvitus olla täydessä vauhdissa, kun kuulit Maija-tädin jutut eilen", vastasi Kaija, vaikka vilkaisikin portin suuntaan.

Siellä ei enää näkynyt ketään ja olkapäitään kohauttaen Säde lähti seuraamaan äitiään sisälle.

&

Maijan ja Anteron illallinen sujui mukavasti. Yrityksen johtaja Pellervo Pöntinen oli selvästi antanut ymmärtää, että Antero todella oli henkilö, jota harkittiin naapurikaupungin sivukonttorin johtajaksi. Maija piti myös kovasti Pellervon vaimosta Tellervosta, jonka hän nyt tapasi ensimmäistä kertaa.

Isäntäväki oli jo vanhasta tottumuksesta varautunut siihen, että heidän nimensä herättivät hilpeyttä ja kertoivat siitä kuinka olivat tavanneet toisensa.

Pellervo oli huomannut kesäisissä lavatansseissa kauniin tytön ja tiennyt heti, että siinä oli hänen tuleva vaimonsa. Hän oli kävellyt suoraan tytön luo, jonka jälkeen he olivat koko illan tanssineet yhdessä. Pellervo oli kohteliaasti pyytänyt päästä saatille ja Tellervo oli suostunut. Tellervon kotiovella Pellervo vihdoin vasta huomasi laiminlyöneensä tärkeän asian ja sanoi:

"En olekaan muistanut esitellä itseäni. Olen Pellervo!"

Tellervo painoi päänsä alas ja vastasi:

"Anteeksi, mutta meistä ei koskaan voi tulla paria. Kiitos kuitenkin tästä ihanasta illasta. Hyvää yötä!"

Hän jätti ihmettelevän Pellervon kuin nallin kalliolle ja painui ovesta sisään. Pellervopa ei niin vain halunnut antaa periksi, vaan meni seuraavana iltana tytön kodin läheisyyteen odottamaan, että näkisi hänet uudelleen. Kun hän lopulta tuli ulos, Pellervo käveli muitta mutkitta tytön luo ja kysyi:

"Minun on pakko saada tietää, miksi sanot, ettei meistä voi koskaan tulla paria. Eikö meillä ollut eilen hauskaa yhdessä? Minulla ainakin oli!"

43

"Se johtuu nimestäsi."

"Ai! No onhan se vähän epätavallinen, mutta onko se mielestäsi niin ruma, ettet voisi elää kanssani?"

"En minä mitään sellaista tarkoita, mutta kun minun nimeni on Tellervo. Olisimme aina ja ikuisesti vitsi, kun esittelisimme itsemme ihmisille."

Vaati jonkin verran vakuutteluja Pellervon taholta ennen kuin Tellervo alkoi nähdä hänen tavallaan nimien paremminkin kertovan, että he kuuluivat ehdottomasti yhteen. Seurustelu alkoi ja nimet saivat odotetusti ansaittua huomiota ja kirvoittivat usein hersyvän naurun, josta pari ei todellakaan pahoittanut mieltään, vaan paremminkin päinvastoin.

Heidän vihkiäisensä oli ollut yksi huvittavimmista tilanteista, kun yleisö juhlallisesta hetkestä huolimatta oli hymähtänyt kuuluvasti heidän vannoessaan toisilleen:

"Minä Tellervo otan sinut Pellervo..." ja "minä Pellervo otan sinut Tellervo....."

Vuosien mittaan he olivat rikkoneet monia jäitä jäykissä juhlatilaisuuksissa esittelemällä itsensä.

Ilta kulu todella rattoisasti. Maija ja Antero kuuntelivat Pöntisten tarinoita omasta värikkäästä elämästään. He viihtyivät niin hyvin, että Maija unohti koko rahakassin olemassaolon. Se palasi hänen mieleensä vasta kotipihalla heidän noustessa taksista. Maija kiirehti edelle Anteron jäädessä maksamaan matkaa ja juoksi suoraan kodinhoitohuoneeseen ja työnsi laukun pyykkikaapin alimmalle hyllylle.

&

Aamulla Anteron lähdettyä töihin Maijan oli pakko käydä tarkistamassa, että kassi oli siellä mihin hän oli sen laittanut ikään kuin se olisi voinut yön aikana johonkin hävitä. Sieltä se löytyi! Ei se todellakaan ollut kadonnut! Maija veti sen lattialle ja päätti tutkia sisältöä tarkemmin. Hän nosteli rahanippuja ja huomasi, että laukku oli niitä täynnä. Hän otti yhden niistä käteensä ja irrotti kuminauhan sen ympäriltä ja alkoi laskea. Hän päätyi siihen tulokseen, että jokaisessa nipussa oli sata sadan euron seteliä. Hän laittoi kuminauhan uudelleen sen ympärille ja huudahti:

"Täällähän on mieletön määrä rahaa! Näitä nippuja on vaikka kuinka paljon!"

Hän tutki vielä kädellään laukun sisustaa ja aivan pohjalla hänen kätensä osui johonkin kovaan ja kylmään. Ottaessaan sen käteensä, hän tajusi pitelevänsä asetta ja kirkaisi kauhusta ja pudotti sen lattialle. Pudotessaan pistooli laukesi ja Maija lyyhistyi lattialle.

Talossa vallitsi muutaman minuutin haudanhiljaisuus. Sitten Maija palasi tajuihinsa. Hetkeen hän ei muistanut, miksi makasi pötköllään lattialla, kunnes näki pistoolin vierellään. Noustuaan istumaan hän huomasi, ettei ollut vahingoittunut. Hän tarttui uudelleen aseeseen ja nosti sen varovasti lattialta. Hän muisti laukauksen äänen ja alkoi etsiä ympäriltään osumakohtaa, mutta mitään ei näkynyt.

Hän katseli tarkasti aseen kädensijaa ja huomasi siinä tekstin: "Plasto".

Lelu!? Miksi ihmeessä ihan oikeiden rahojen kanssa samassa kassissa oli leikkiase? Maija oli ymmällään. Huoneessa oli kuitenkin pamahtanut ennen hänen pyörtymistään, siitä hän oli varma. Hän painoi varovasti liipasimesta ja kuuli taas pamauksen, jonka huoneen kaakeliseinät moninkertaistivat. Aseessa itsessään oli selvästi jokin mekanismi, joka sai äänen aikaan, kun liipasinta painettiin ja se oli ainakin siinä huoneessa varsin aidon kuuloinen.

Maija nosti kassista vielä pari setelinippua. Entä jos ne sittenkin olivat myös jotain leikkirahoja? Oliko mahdollista, että jotkut pojankoltiaiset pitäisivät heitä pilkkanaan? Rahat kyllä näyttivät aidoilta.

Maija päätti soittaa Raijalle kertoakseen leikkiaseesta, mutta halusi sitä ennen tutkia vielä tarkemmin laukun sisältöä. Hän ei kuitenkaan leluaseen ja rahojen lisäksi löytänyt muuta kuin kaksi askia, niin ikään hyvin aidon näköisiä, kuubalaisia sikareja.

Hän laittoi kaiken takaisin laukkuun, veti vetoketjun kiinni ja pani laukun jälleen huolellisesti pyykkikaapin alahyllylle pesuainepurnukoitten taakse.

&

Alfons ehti juuri peräääntyä huomatessaan naisen kääntävän päätään ja jäi odottamaan. Kun hän oli varmistunut siitä, että molemmat olivat menneet sisään, hän käveli suoraan naisen autolle ja toivoi hartaasti edes yhden oven jääneen auki.

Helpotuksekseen hän huomasi olleensa oikeassa ja vihreä kassi lojui takapenkillä, mutta ovet olivat tiukasti kiinni. Alfons tiesi, että oli toimittava nopeasti, joten hän nappasi kivenmurikan ja iski sillä takaoven ikkunaan. Se mureni sekunnissa tuhansiksi sirpaleiksi. Viivyttelemättä hän nappasi laukun ja juoksi kadulle, missä hänen oma autonsa odotti ja syöksyi liikkeelle heitettyään laukun pelkääjän paikalle. Oli päästävä kiireesti pois maisemista, ennen kuin joku ehtii hälyttämään poliisit perään.

Jonkun matkaa ajettuaan, hänen puhelimensa soi ja näytössä näkyi, että soittaja oli Kurt.

"Hitsit! Mitä se nyt soittaa? Se sanoi soittavansa illalla. Rasittava tyyppi!" mietti Alfons, mutta tyytyväisenä siitä, että kassi oli turvallisesti hänen vierellään, hän vastasi reippaasti ja kuuli Kurtin kylmän äänen.

"Missä olet?"

"Autossa. Olen menossa Karsinakadulle. Kuinka niin?"

"Onko kassi mukana?"

"Tietenkin on! Enkä aio päästää sitä silmistäni!"

"Hyvä! Voidaankin sitten tavata heti. Olen itsekin nyt liikkeellä. Tule sille kujalle, joka lähtee Karsinakadulta vähän ennen Ahterikadun risteystä. Jollen ihan väärin muista, se on nimeltään Munkkikuja. Se on hiljainen mesta ja voin hoitaa maksun sulle heti siellä."

"Selvä! En ole kaukana. Vain muutama minuutti niin olen siellä", Alfons sanoi suunnaten Munkkikujalle.

Keveällä mielellä ja lauleskellen Alfons ajoi kohtaamispaikalle eikä voinut olla kuvittelematta miltä tuntuisi vastaanottaa palkkiorahat. Mitä kaikkea hän niillä tekisikään!

Alfons oli hämmästellyt palkkiosumman suuruutta, sillä tehtävä vaikutti uskomattoman helpolta. Kun hän oli kysynyt sitä Kurtilta, mies oli perustellut sen hänelle varsin uskottavasti:

"No, kuka vaan voisi hakea kassin sieltä, mutta palkkio edellyttää, että kun homma on hoidettu, sitä ei ole koskaan tapahtunutkaan. Suu pidetään supussa! Jos joku joskus sattuu kyselemään jotain, et tunne minua, etkä tiedä kassista tai mistään muustakaan! Onko selvä?"

Alfonsin vastattua, että asia oli täysin ymmärretty, Kurt lisäsi vielä, että hänen elämänsä ei olisi puupenninkään arvoinen, jos häneltä joskus lipsahtaisi jotain. Katsoessaan Kurtin jääkylmiin silmiin, Alfons oli täysin vakuuttunut, ettei kyse ollut leikinlaskusta. Kurt oli komeasta ulkonäöstään huolimatta tai siitä johtuen vaarallinen tyyppi. Siitä Alfons oli täysin varma.

Enää kaikki ei tuntunutkaan niin helpolta kuin hän oli luullut. Kylmä hiki nousi otsalle, ja kosteista läiskistä päätellen kainaloihinkin, hänen miettiessään, mitä olisi tapahtunut, jos Kurt olisi soittanut hetkeäkään aikaisemmin.

Munkkikujalla oli hiljaista, eikä Kurtia näkynyt. Alfons sammutti moottorin ja jäi odottelemaan. Asiat olivat toimineet niin takkuisesti, että helpotuksesta huolimatta häntä pelotti Kurtin kohtaaminen. Hän vapisi kuin pahimmassa krapulassa ollessaan.

Hetken päästä musta Volvo pysähtyi hänen taakseen. Kurt astui siitä ulos näyttäen Alfonsin mielestä paljon pidemmältä kuin hän muistikaan. Alfons otti kassin penkiltä, nousi Ladastaan ja käveli kohti Kurtia. Kurt nappasi nopeasti laukun Alfonsin kourista, avasi Volvon takaluukun ja heitti sen sinne. Taskustaan hän veti esiin kirjekuoren, jossa oli Alfonsin palkkio ja ojensi sitä häntä kohti. Kun Alfons aikoi ahneesti tarttua siihen, hän veti sen takaisin ja sanoi tiukasti:

"Muista! Ei olla koskaan tavattu! Jos et pidä suutasi kiinni, voit olla varma, että löydän sinut. Turha kuvitella mitään muuta! Onko selvä?"

"O-on on", Alfons änkytti ja Kurtin vihdoin ojentaessa kirjekuoren tarttui siihen napakasti ja meni autoonsa ja lähti saman tien liikkeelle.

Peruutuspeilistä hän näki kuinka Kurt avasi takaluukun nähtävästi tarkistaakseen, että kaikki rahat olivat tallella. Juuri ennen kuin kääntyi Karsinakadulle, hän näki Kurtin huitovan nyrkkejään hänen peräänsä ja huutavan jotain kasvot punaisina kiukusta. Alfonsilla ei ollut aikomustakaan pysähtyä, vaan painoi kaasun pohjaan ja otti kaiken irti vanhasta uskollisesta Ladastaan.

"Mitä se vielä halusi? Itse se teki selväksi, ettei olla enää koskaan porukoissa. Ja se kyllä sopii minulle, on se sellainen tyyppi!" ehti Alfons miettiä samalla kun toivoi, että Lada olisi vastannut vähän ärhäkämmin kaasujalan alla.

Samassa hän tajusi tehneensä elämänsä virheen suunnistaessaan kotikadulleen.

"Kurt ei saa tietää missä asun!"

Onneksi hän huomasi mustan Volvon seuraavan muutaman auton päässä. Oliko se Kurt? Alfons ei pysähtynyt kotinsa kohdalla, vaan jatkoi matkaa kohti Merikaupunginosaa. Rantatiellä hän pani kaasun taas pohjaan ja ajoi niin lujaa kuin pääsi. Hän siirtyi vähän väliä hiekkatieltä toiselle toivoen eksyttävänsä Kurtin, jos hän oli vielä perässä.

Lopulta hän tuli risteykseen, jossa oli viitta:

"NÄKÖALAPAIKKA".

Hän kääntyi sen suuntaan ajaen niin lujaa kuin pystyi, mutta yllättäen tie päättyikin kallion reunalle. Matala aita oli turvaamassa paikallakävijöitä, joista useimmat tulivat ihailemaan kaunista merimaisemaa ja lähes yhtä monet kuhertelemaan.

Koska oli arkiaamupäivä, paikalla ei pahaksi onneksi tällä kertaa näkynyt sen paremmin maiseman ihailijoita kuin lempiväisiäkään. Alfons oli juuri peruuttamassa Ladaansa tarkoituksenaan kääntyä takaisin, kun Kurt ajoi Volvon melkein kiinni hänen autoonsa. Alfons tunsi sydämensä pysähtyvän! Hän näki Kurtin nousevan autostaan ja tulevan uhkaavasti häntä kohti.

&

Museossa Kaija suuntasi suoraan työhuoneeseensa Säde perässään. Ensimmäiseksi hän tarkisti sähköpostinsa ja ilahtui huomatessaan saaneensa postia työvoimatoimistosta. Jospa heillä olisi vihdoinkin tarjota hänelle luotettava työntekijä.

Toden totta! Vihdoinkin näytti olevan tarjolla ehdokas, joka voisi osoittautua päteväksi tehtävään. Keski-ikäinen nainen, joka olisi valmis aloittamaan välittömästi. Soittaessaan työnvälitykseen, Kaija sanoi haluavansa järjestää työhaastattelun niin pian kuin mahdollista. Virkailija lupasi järjestää naisen paikalle kello yhdeksitoista.

Sinä aikana, kun Kaija oli etsinyt työntekijää hän oli saanut nähdä monenlaisia tumpeloita. Häntä hämmästytti se, että monilla tuntui olevan sellainen käsitys, että siivoustyötä ei tarvinnut ottaa kovin vakavasti eikä se edellyttänyt ammattitaitoa.

Kolme eri henkilöä oli ollut koeajalla.

Ensimmäinen oli pakistanilainen aivokirurgi, joka ei ollut milloinkaan elämässään edes nähnyt lattiankiillotuskonetta. Kun hän muutaman opastuskerran jälkeen käytti laitetta itsenäisesti, se lähti hurjasti poukkoilemaan ympäriinsä iskeytyen lopulta päin seinäpeiliä. Oli selvää, että sirpaleet todella merkitsivät hänelle epäonnea! Hän ymmärsi itsekin, että palaisi kiltisti työvoimatoimiston listoille.

Toinen kokelas oli eläkeikää lähestyvä naishenkilö, jonka ulkoinen olemus viittasi mukavuudenhaluiseen elämään. Hän oli joskus nuoruudessaan tehnyt porrassiivousta. Jo opastaessaan naista työhön Kaija oli todennut kuinka hän oli läkähtyä portaita kiivetessään ja johtajien kerrokseen päästyään hikivirrat noruivat hänen kasvoillaan. Viikon verran Kaija seurasi hänen toimiaan ja huomasi, että ilman valvontaa hänen työnsä rajoittui roskakorien tyhjentämiseen. Roskat hän keräsi siivouskomeron nurkkaan, koska ei viitsinyt viedä niitä keräilypisteeseen. Päättäväisesti Kaija ilmoitti naiselle työsuhteen päättymisestä lyhyeen.

Kolmas yrittäjä oli varsinainen helmi. Hän oli alle kolmekymppinen nuori mies, joka oli aiemmin vapaaehtoistyönsä ohella siivonnut urheiluhallia, joka sittemmin oli purettu modernin elokuvakeskuksen tieltä. Nuorukainen oli ripeä ja osasi organisoida työnsä mallikkaasti. Pahaksi onneksi hän, vain kuukauden työskenneltyään, sai kutsun MTS-koulutukseen, johon oli pyrkinyt jo useita kertoja ja sanoi itsensä irti Kaijan harmiksi.

Kaija tajusi hymyillen myös itse olleensa korvaamaton omassa työssään, sillä siitä ei ollut tullut milloinkaan valituksia. Hän toivoi, että seuraava haastateltava osoittautuisi sellaiseksi, joka osaa asiansa.

Säde oli poistunut huoneesta tapaamaan Oilia, jonka työhuone oli aivan naapurissa. Heistä oli tullut läheiset ystävät ja Säde ihaili Oilia suunnattomasti. Oili oli myös innostanut

Sädettä opiskelemaan venäjää ja saanut hänet edistymään siinä hurjaa vauhtia.

Kaija huomasi kellon olevan jo niin paljon, että tytön olisi aika lähteä jäähallille, sillä Tatjana edellytti, että tunnin alkaessa Säde olisi jo valmiiksi lämmitellyt niin, että he saattoivat kello kymmenen siirtyä suoraan varsinaiseen harjoitteluun.

Kävellessään esimiehensä huoneeseen Kaija kuuli vilkasta keskustelua venäjäksi ja tunsi suurta ylpeyttä tyttärestään. Hän olisi taas kerran ilonpilaaja keskeyttäessään mukavan hetken ja joutuessaan hoputtamaan Säteen jäähallille. Kaija lähti mukaan autolle, jotta tyttö saisi urheilukassinsa. He kumpikin huomasivat aivan samalla hetkellä, että Maijan auton ikkuna oli rikottu ja juoksivat Peugeotin luo.

"Äiti! Mun kassi on varastettu!" Säde huusi.

He soittivat heti poliisille.

&

Kurt lähestyi Alfonsia raivon taikinoissaan ja tarttui kauluksista kiinni niin, että valkoisen paidan kaksi ylintä nappia lensivät kuin ammuttuina kalliolle. Alfons tärisi ja änkytti:

"Mi-mitä si-sinä nyt?"

"Pelleilet väärän miehen kanssa, jos kuvittelet olevasi vitsikäs!" Kurt raivosi ja nosti Alfonsia niin, etteivät sandaalit enää koskettaneet maata.

"E-en mi-minä nyt ymmärrä mitä sinä tarkoitat. Mi- mikä meni pieleen?" Alfons sai änkytettyä ääni täristen.

"Rahat! Missä ne on? Jos et kerro sekunnin sisällä lennät luistimiesi kanssa tuonne alas! Voit sitten talven tullen yrittää luistella jään alapuolella!" Kurt jatkoi.

"E-en nyt kyllä ymmärrä mitään!" vaikeroi Alfons.

Kurt lähti repimään häntä raivoisasti kohti autonsa taka-luukkua ja työnsi hänen päänsä avoinna olevan vihreän kassin sisään. Ensin Alfons ei nähnyt mitään mutta kun Kurt antoi hänen päänsä nousta vähän ylemmäksi, hän näki laukussa kahdet luistimet ja muita urheilutarvikkeita.

"Pahuksen akat! Ne huijas meikäläistä!" hän mietti ja veti johtopäätöksen, että Kurttuset olivat tyhjentäneet rahakassin ja ottaneet kylmästi laukun tytön käyttöön. Kurt oli pakko saada ymmärtämään, ettei hän ollut pimittänyt rahoja.

"Voin selittää! Ei se ole minun syytä. Minä tiedän, kenellä rahat on!" huusi Alfons Kurtin tiukassa otteessa.

Kurt lähti raahaamaan Alfonsia takaisin Ladan luo ja pais-kasi hänet istumaan kuljettajan paikalle ja meni itse hänen viereensä.

"Alahan selittää, senkin piruettipiru! Turha kuvitella luis-televasi tästä tilanteesta!"

Alfons tiesi, että hänellä ei ollut vaihtoehtoja ja mitä sitten tapahtuikin hän saisi unohtaa palkkiorahat. Alkaen sauva-kävelijänaisista ja tyhjästä kuusenalusesta, hän kertoi huuli väpättäen kuinka oli lopulta tajunnut kassin olevan naisilla ja oli onnistunut seuraamaan sitä Kurttusille asti ja lopulta napannut sen sinisestä Peugeotista.

"Sen perheen sukunimi on Kurttunen ja ne asuu siellä rannassa. Naisen etunimi on Kaija. Katsoin puhelinluettelosta ja luulen, että se on töissä museossa, kun ne meni tytön kanssa sinne aamulla, ja auto oli henkilökunnan ruudussa. Siellä se oli silloinkin, kun iskin sen ikkunan mäsäksi ja otin ton kassin. Kai nyt tajuut, että minä luulin rahojen olevan vielä siinä kassissa. Sinua en lähtis tahallani huijaamaan, voit olla varma siitä. Minä kyllä järjestän sinulle ne rahat takaisin! Joka sentin!" lupasi Alfons anova ilme kasvoillaan.

"Oliko tässä kaikki?" kysyi Kurt kylmän rauhallisesti.

"Kunniasanalla! Kyllä oli!" vakuutteli Alfons.

Kurtin rauhoittuminen sai hänet tyynemmäksi. Hän kaivoi penkin alta rahakuoren, jonka oli saanut Kurtilta ja ojensi sen takaisin. Sanaakaan sanomatta Kurt otti sen vastaan ja pani taskuunsa. Lopulta hän läpsäytti Alfonsia poskelle ja sanoi:

"Jep! Lähdet liikkeelle vasta sitten, kun minä olen poissa näkyvistä!"

Kurt poistui, paiskasi Ladan oven kiinni ja meni omaan autoonsa. Alfons pani turvavyön kiinni samalla kun seurasi taustapeilistä kuinka mies peruutti Volvoaan kauemmaksi. Hän käynnisti oman autonsa ja aikoi juuri laittaa peruutusvaihteen päälle, kun hän tunsi voimakkaan töytäisyn. Se sai

Ladan paiskautumaan holtittomasti suoraan suojakaiteelle rikkoen sen. Hädissään hän yritti uudelleen saada pakin päälle, mutta ennen kuin hän ehti tehdä mitään tuli toinen vielä rajumpi töytäisy.

Punainen Lada lensi kaaressa kohti meren syvyyttä!

&

Maija oli illalla kiireessä ilmoittanut Raijalle, että he olivat menossa Anteron pomon luokse illalliselle, koska hän tiesi Raijan yrittävän ottaa häneen yhteyttä illan kuluessa. Anteron läsnäolon vuoksi hän ei voinut kertoa yksityiskohtaisesti tapahtumia, vaan totesi vain lyhyesti kaiken olevan hyvin.

Kateus sai Raijan puhisemaan itsekseen yksinäistä iltaansa, hänen tietäessä Maijan samaan aikaan olevan hienolla illallisella. Tapsakin oli edelleen "yhdellä kaljalla", kuten oli sanonut. Raija tiesi, että luku yksi oli varsin viitteellinen. Miestä ei näkyisi muutamaan tuntiin. Tällä kertaa hän oli ihan tyytyväinen tilanteesta, sillä hänellä oli paljon mietittävää tulevaisuuden suhteen.

Häntä ahdisti ajatus museon siivouksesta, johon hän oli päättänyt vihdoin alistua, mutta se oli vääjäämätön osa hänen edetessään parhaaseen mahdolliseen tulevaisuuteen ja oli vain yksi etappi matkalla siihen. Ylpeys pakotti häntä miettimään sopivaa selitystä halulleen tarttua moppiin, vaikka oli johtajan rouva. Hän ei todellakaan halunnut Kaijan ajattelevan heidän taloudellisen tilanteensa pakottavan häntä siihen. Hän päätti kertoa tarvitsevansa vaihtelua, kun Tapion aika meni firman asioiden hoitamiseen ja muita työpaikkoja ei nyt vaan ollut tarjolla.

Raija oli myös varma siitä, että museosta saattaisi löytyä sopiva kätköpaikka rahoille sitten kun niitä olisi turvallista siirtää. Kaija ainakin aikanaan piti siivouskomeroa yksityisalueenaan ja siellä oli lasten kuvat ja kaikki pöydällä.

"Maija on kyllä niin arkajalka, että rahat eivät ole kauan turvassa hänellä. Joku kaunis kerta hän lipsauttaa Anterolle asiasta ja se on sitten sitä myöten selvä", päätteli Raija.

Tultuaan viimein kotiin, Tapsa sanoi pienessä tuiskeessa:

"Kuuleppas Raija-tyttöseni. Isukki on vähän järjestellyt asioita ja kohta meiltä on rahahuolet ohi!"

"Jos se on jotain samantyyppistä kuin viime kerralla niin, ei kiitos!" vastasi Raija purevasti.

"Ei kuule, tämä on ihan muuta. Eräästä herrasmiehestä tulee minulle liikekumppani. Minulla on firma ja hänellä pääoma. Sillä oli suunnitelmat ihan valmiina ja voidaan aloittaa bisnekset saman tien. Firma pysyy silti vain minun nimissäni ja hän on vain taustavoimana ja sitten jaetaan voitot. Se kaveri on tosi pätevä ja valmis rahoittamaan kaiken mitä tarvitaan, että päästään alkuun. Ensi kerralla, kun tavataan, saan tietää tarkemmin minkälaisista hommista on kysymys ja mitä muutoksia tarttee tehdä yritysrekisteriin."

"Missä sinä olet yllättäen tavannut sellaisen herrasmiehen?" Raija uteli.

"Äh! Minä olen tuntenut sen jo vaikka kuinka kauan. Useimmiten ollaan tavattu pubissa ja huomattu, että meillä synkkaa. Se on reilu tyyppi. Tänäänkin se maksoi kaikki kaljat. Minä olen kans jeesannut sitä vähäsen, kun se tarvi jonkun tekemään pienen palveluksen, josta se lupas reilun palkkion. Meinasin ensin ilmoittautua itse, mutta sitten tuli mieleen, että olis ehkä kummallista, jos olisin niin pikkurahan kipeä, että tarjoudun hanttihommiin, vaikka olen oman firman toimitusjohtaja. Ehdotin sitten yhtä entistä bussikuskia mun darts-porukasta, Alfonsia. Sillä kun on ollut vastoinkäymisiä vaikka muille jakaa. Morsian häipyi ja vei rahat ja auton mennessään. Sai ottaa vanhan ruosteisen Ladansa uuteen käyttöön. Samassa rytäkässä Alfons ajoi bussinsa niin pahasti pellolle, että sai potkut. Se tarttee takuulla lisää rahaa, vaikka en minä tarkkaan tiedä paljonko se Kurt siitä maksaa, mutta joka sentti on tarpeen."

"Sekö oli sama Kurt, joka soitti aikaisemmin?"

"Sama tyyppi!"

"No, otan joka tapauksessa sen siivoustyön, jos paikka on vielä auki", sanoi Raija ja nousi laittamaan teemukit tiskikoneeseen ja meni nukkumaan.

Hän oli vähän huolissaan Tapion bisneksistä, mutta ei viitsinyt eikä jaksanut miettiä niitä sen kummemmin. Ei tietenkään olisi haitaksi, jos tulisi ihmisten tietoon, että Tapsakin taas tienaa jotain. Se tekisi helpommaksi ottaa käyttöön kassissa olleet rahat.

Nukkumaan mennessään Raija tunsi pitkästä aikaa elämän näyttävän hänelle valoisan puolensa.

&

Alfons näki aaltojen lähestyvän vinhaa vauhtia ja istui lamaantuneena puristaen rattia kuin turvaa etsien ja sulki silmänsä. Hän tiesi loppunsa tulleen. Auto syöksyi veteen painava etupää edellä jyrkässä kulmassa ja kääntyi lopulta tuulilasin kautta katolleen. Vesi rikkoi tuulilasin ja sirpaleet lensivät vasten Alfonsin kasvoja. Hän avasi silmänsä eikä voinut uskoa olevansa yhä hengissä. Turvavyö, jonka hän oli rutiininomaisesti lukinnut autoon istuessaan, piti hänet penkillä roikkumassa pää alaspäin. Hän tunnusteli raajojaan ja huomasi niiden olevan kunnossa ainakin sikäli, että tunto oli tallella. Auto oli ehtinyt siemaista jo roiman annoksen vettä ja vain nopea toiminta mahdollisti sen, että Kurt epäonnistuisi tarkoituksessaan.

Alfons onnistui vaivoin avaamaan turvavyön, koska oli itse painona, mutta onnistui lopulta. Pyöristäen niskansa hän romahti auton kattoon. Polvet ja jalkaterät jumiutuivat rattiin, mutta hän sai ne vapaaksi. Vesi tulvi jo sisään tuulilasista ja Alfons pääsi siitä ulos juuri samalla hetkellä, kun auto alkoi vajota pyörät ylöspäin kohti meren pohjaa.

Uimataito ei kuulunut Alfonsin vahvuuksiin, mutta silkalla tahdonvoimalla hän pääsi nousemaan kivikkoiselle rannalle. Yrittäessään nousta seisomaan, hän tajusi, että vasen jalka oli murtunut. Hän huusi kivusta yrittäessään seistä sen varassa ja istahti kivelle vilusta väristen ja menetti tajuntansa.

Kurt mietti Alfonsin tarinaa ja päätteli sen pitävän paikkansa. Nainen siis oli vienyt kassin ja tyhjentänyt sen ja rahat olivat hänellä. Ajellessaan hiljalleen tietä, jonka varrella naisen talon piti olla, Kurt yritti muistella nimeä, jonka Alfons oli sanonut. Siinä oli jotain, jonka perusteella se piti olla helppo muistaa. Niin juuri, hänen oma etunimensä sisältyi siihen: Kurttila? Verkkainen eteneminen kiinnitti kulkijoiden huomion, mutta hän uskoi menevänsä täydestä ruotsalaisten rekisterikilpien ansiosta ja esittävänsä uskottavasti ruotsalaista turistia, jota kiinnosti tämän hienon asuntoalueen arkkitehtuuri.

Erään postilaatikon kohdalla hän lopulta pysähtyi nähdessään nimen alkavan K-kirjaimella. Juuri samalla hetkellä ystävällisesti hymyilevä poliisi kurkisti sisään matkustajanpuoleisesta ikkunasta, ja hämillään Kurt avasi ikkunan.

"Kan jag hjälpa er?" kysyi konstaapeli kohteliaasti.

"Minä puhun kyllä suomea!" totesi Kurt lyhyesti ja lisäsi: "Ei minulla ole mitään hätää. Tukholmassa oleva arkkitehtitoimistoni on kiinnostunut tämän alueen arkkitehtoonisista yksityiskohdista ja luon tässä yleissilmäystä aiheeseen. Katsokaas vaikka tuota huvilaa, joka on oivallinen sekoitus jugendia ja funktionalismia!"

"Joo. Kauniitahan nämä talot on, mutta en tiennytkään niiden olevan jotenkin erityisiä. Hyvää päivänjatkoa sitten vaan!"

Muutama utelias ohikulkija norkoili lähistöllä kuullakseen mitä poliisi halusi ruotsalaisesta. Nähtyään postilaatikossa nimen Kankkunen, Kurt päätti ajaa pois ja palata illalla jalkaisin, mutta osui pienen sivutien tuntumaan, jonka päässä häämötti talo.

"Tarkistan tuon vielä!" hän päätti ja kääntyi.

Hän tuli suuren portin kohdalle, jossa luki Kurttunen ja toinen kilpi kertoi herra Kurttusen olevan taiteilija.

"Bingo!" huudahti Kurt.

Hän viivähti hetken portilla punniten vaihtoehtoja. Oli selvää, että hän ei onnistuisi luvatta pääsemään taloon, joten hän päätti lähteä ja miettiä rauhassa mitä tekisi.

Kotona hän viipymättä istuutui tietokoneen ääreen ja etsi netistä historiallisen museon sivut. Henkilökuntasivulta hän löysi heti etsimänsä: Kiinteistöpäällikkö Kaija Kurttunen. Alfons siis oli ainakin siinä mielessä ollut oikeassa, että nainen oli töissä museossa. Hän huomasi sivulla olevan myös rekrytointiosion ja avasi sen. Vapaita paikkoja oli argeologille ja tutkijalle, mutta Kurt arveli hänenlaiselleenkin nerolle olevan mahdotonta näytellä sellaisia rooleja. Mutta kas! Siivojan paikkakin oli auki. Sen hallitsee kuka vaan ja se, jos mikä, veisi hänet kiinteistöpäällikön lähietäisyydelle. Hän avasi linkin lukeakseen ilmoituksen:

*Historiallinen museo etsii kokopäivätoimista siivoojaa tutkimus- ja hallinto-osastoille. Siivousalueeseen kuuluu mm. tutkimushuoneita, joissa restauroidaan arvokkaita esineitä, joten työ vaatii erityistä huolellisuutta ja luotettavuutta. Kokemus vastaavasta työstä katsotaan eduksi.*

*Ota yhteyttä kiinteistöpäällikkö Kaija Kurttuseen p. ...*

Kurt hämmästyi itsekin hyvää onneaan. Nyt hänen täytyisi vain keksiä itselleen nimi, jota käyttäisi. Sen pitäisi olla sellainen, että hän todella tajuaisi, jos joku puhuttelisi häntä.

"Ei ole varaa töpeksiä pikkuasioissa", hän päätti.

Hän näppäili ilmoituksessa olevan numeron ja kiinteistöpäällikkö Kaija Kurttusen vastatessa hän sanoi:

"Hei, nimeni on Kurt-Ola Gustafsson. Olisin kiinnostunut vapaana olevasta siivoojan paikasta. Olen juuri muuttanut Ruotsista hoitamaan huonokuntoisia vanhempiani. Minulla on kokemusta juuri museosiivouksesta, koska olen monta vuotta siivonnut Tukholman historiallisessa museossa. Minua kiinnostaa kovasti tämä työ."

"Hieno juttu!" vastasi Kaija.

"Tänne on tulossa aivan kohta toinen hakija haastatteluun, mutta voisitko tulla heti hänen jälkeensä eli puolenpäivän maissa. Sanotaan vaikkapa tasan kello kaksitoista. Pyytäisin sinua samantien ottamaan mukaasi todistukset Tukholmasta!"

"Selvä! Tulen kello kaksitoista. Kiitos!"

Itsekseen hän sanoi puhelimen suljettuaan: "Sitten vaan työtodistusta väsäämään!"

Hän etsi koneelta Tukholman historiallisen museon kotisivun ja kopioi ensimmäiseksi museon logon ja alkoi kirjoittaa:

# ARBETSBETYG

*Kurt-Ola Gustafsson har varit anställd hos oss...*

Ei ollut paljon aikaa, sillä hänen piti vielä ehtiä ostamaan itselleen vaatteet, jotka sopivat siivouspaikkaa etsivälle. Laitettuaan työtodistuksen kirjekuoreen, hän ajoi suoraan lähimpään tavarataloon, josta osti itselleen farkut ja t-paidan. Ne hän puki päälleen miestenhuoneessa. Jotta ei olisi näyttänyt liian sliipatulta, hän vielä sekoitti hiuksiaan vähän rennompaan kuosiin. Alkoi olla jo kiire ehtiä ajoissa museolle.

&

Puhelu tuntui Kaijasta suoranaiselta ihmeeltä, sillä työvoimasta alkoi olla jo huutava pula. Juuri aamulla hän sai kuulla näyttelypuolen siivojan Lemmitty Jauhiaisen jäävän pitkälle sairaslomalle kaaduttuaan näyttävästi. Puhelussaan Lemmitty kertoi Kaijalle värikkäästi kuinka oli unenpöpperössä aamulla ollut kävelemässä töihin ja ikään kuin pilakuvissa liukastunut banaaninkuoreen ja kaatunut. Ensin hän oli mätkähdyksen jälkeen ehtinyt kiitellä hyvin varustettua takamustaan pehmeästä laskusta, mutta sitten huomannut toisen jalkansa vääntyneen omituiseen asentoon. Liikuttacssaan sitä, häncn lävitsccn virtasi sictämätön kivun aalto. Lemmitty-paralta pääsi äänekäs tuskan parahdus ja hän pyörtyi. Tultuaan tajuihinsa hän näki lehdenjakajan, joka jutteli hänelle ja kertoi kutsuneensa ambulanssin, joka aivan pian tulisi. Hän oli luvannut vahtia, ettei potilas liiku ennen kuin ensihoitajat ovat paikalla.

Sairaalassa Lemmitylle kerrottiin, että jalka pidettäisiin vedossa monta viikkoa ja kestäisi kuukausia, ennen kuin hän voisi palata töihin. Lemmitty oli huolissaan, koska oli aina ollut kovin arka vedolle.

Lemmityn odottaessa ensiavussa siirtoa osastolle, sinne tuotiin vakavasti loukkaantunut tajuton mies, joka oli löydetty rannalta. Joukko lääkäreitä ja sairaanhoitajia hyöri miehen ympärillä tehdäkseen kaikkensa hänen pelastamisekseen. Hänen suhteensa ei oltu toiveikkaita.

&

Konstaapeli Tapparainen kierteli Peugeotin ympärillä yrittäen ratkaista murtautumisen motiiveja. Ainoa varkaalle kelvannut asia oli urheilukassi, jossa oli parit luistimet ja urheiluvaatteita. Auton radio oli koskemattomana paikallaan ja näytti siltä, että hansikaslokeroon ei ollut edes katsottu. Siellä oli pieni parkkirahakukkaro täynnä pikkurahaa siististi omalla paikallaan. Ikkunan rikkonut kivi lojui takapenkillä kertoen vain ilmiselvän, mutta vaikeni syystä ja tarkoitusperistä.

Auton omistaja, Maija, oli kutsuttava paikalle, jotta hän voi tehdä virallisen rikosilmoituksen ja olla yhteydessä vakuutusyhtiöönsä.

Maija oli juuri painamassa Raijan lyhytvalintanumeroa, kun puhelin soi.

"Hei Maija! Kaija tässä. Älä nyt hermostu, mutta minulla on vähän ikävää kerrottavaa autostasi."

"Kamalaa! Oletko ollut kolarissa?"

"Ei sentään. Tultiin aamulla sillä tänne museon pihaan niin kuin sovittiin ja jätettiin Säteen luistinkassi autoon siksi aikaa, että Säde lähtisi harkkoihin. Sinä aikana joku idiootti oli heittänyt ikkunan läpi kiven takapenkille ja vienyt kassin, mutta ei muuta."

"Outoa! Mitä joku kuvittelee hyötyvänsä sellaisesta? Ihan uskomatonta!" hämmästeli Maija.

"Niinpä! Onnistui vain saamaan pahan mielen muutamalle ihmiselle. Ainakin Säteelle, kun juuri tänään hänen piti aloittaa uuden kolmoishypyn treenaamista. Ehkä vielä enemmän luistelunopettajalle, jonka purkaus oli varsin värikäs hänen kuultuaan, ettei Säde voikaan luistella tänään."

"Pitäisikö minun nyt tulla sinne?" kysyi Maija

"Konstaapeli Tapparainen pyysi soittamaan juuri siksi, että voisit tehdä hänelle rikosilmoituksen. Muuten.....siitä punaisesta autosta eilen, osaisitko sanoa minkä merkkinen se oli?"

"Rehellisesti sanoen, en erota niitä laatikoita toisistaan. Sellainen punainen laatikko se oli!"

"Tiedätkö, minkä näköinen on Lada? Oliko se sellainen?"

"Luulen, että se oli nimenomaan joku vanha Lada. Kuinka niin?"

"Meidän kadulla oli aamulla punainen Lada. Se saattoi olla tietysti ihan sattumaa. Testattiin kyllä seuraako se meitä, mutta kun pysähdyttiin se ajoi kaikessa rauhassa ohi."

"Aha! No, minä tilaan nyt taksin ja tulen saman tien sinne."

&

Aikaa oli vierähtänyt niin että Kaija tajusi ensimmäisen työnhakijan haastattelun olevan käsillä ja pyysi, että Säde menisi kertomaan poliiseille auton omistajan tulevan paikalle ihan pian. Säde lähti tyytyväisenä voidessaan olla avuksi.

Kaija tulosti valmiiksi kaksi työnhakukaavaketta hakijoiden täytettäväksi ja valmistautui lukemalla haastattelujäsennyksen, jota käytti selvittääkseen heidän sopivuutensa työhön. Tarkalleen kello yksitoista oveen koputettiin, ja Kaija kutsui tulijan sisälle. Nähdessään sisarensa astuvan huoneeseen, Kaija oli ällistynyt ja iloinen, mutta harmissaan ajankohdasta.

"Voi Raija! Onpa kiva nähdä sinua! Harmi, että tulit vähän huonoon aikaan, kun odottelen juuri työnhakijaa saapuvaksi haastatteluun!" Kaija pahoitteli.

"Minä tulin työhaastatteluun", vastasi Raija kuivasti ja yritti loihtia jotain hymyn tapaista huulilleen.

Kaija kuvitteli siskon laskevan leikkiä. Raija oli aikanaan tehnyt täysin selväksi, että hänen mielestään siivoojat ovat yhteiskunnan pohjasakkaa.

"Taidat vitsailla?" arveli Kaija, mutta pani merkille Raijan väkinäisen ilmeen.

"En taida. Olen ihan tosissani. Alkaa kyllästyttää kotona oleskelu, kun Tapsa raataa yrityksensä eteen. Tarvitsen jotain ajankulua. Muuta työtä ei nyt juuri ollut tarjolla, niin ajattelin, että mikäpäs siinä. Voisin aloittaa vaikka heti, jos sopii. On ilmeisesti kauan jo ollut haussa tämä työ?" vastasi Raija ja lisäsi: "Ja kivahan se olis saada vähän omaakin rahaa."

"Tulehan istumaan niin jutellaan. Selvitetään onko tämä työ sellainen, että sopii sinulle", sanoi Kaija.

Kaija aloitti kertomalla työn vaativuudesta ja tietäessään kuinka tärkeää Raijalle oli huolehtia edustavasta ulkonäöstään, hän otti puheeksi joitakin asioita, jotka tekisivät siivouksesta Raijalle erityisen haasteellisen.

"Sinä olet aina pitänyt niin hyvää huolta kynsistäsi, mutta huomasin siivotessani, että on lähestulkoon mahdotonta pitää pitkiä kynsiä huoliteltuina. Jos onnistuu suunnilleen päivän loppuun asti olemaan tärvelemättä hyvin hoidettuja kynsiään, niin viimeistään siinä vaiheessa, kun vedät roskasäkin suuta solmuun kantaaksesi sen ulos, vähintään yksi kynsi katkeaa. Usko vaan, olen testannut!"

"Eivät nämä kynnet edes ole oikeat. Ei haittaa! Pidän ne lyhyenä!"

Kaija yritti vielä valottaa muutamia työn raadollisia puolia, mutta Raija ei perääntynyt.

Tosiasia oli, että juuri nyt taloon tarvittiin kaksi uutta siivoojaa, koska Lemmitty on pitkällä sairaslomalla. Kaija halusi vielä miettiä, miten ratkaisisi asian järkevästi ja mieluummin kaikkia miellyttävällä tavalla.

"Onko sinulla kiire juuri nyt?" Kaija kysyi.

"Ei ole, miten niin?

"Olen sopinut toisesta haastattelusta kello kaksitoista. Palaisin mielelläni sen jälkeen asiaan. Jos voisit tulla vaikka puoli yhdeksi uudelleen. Ja ennen kuin lähdet, niin ole hyvä ja täytä tämä työnhakukaavake", Kaija sanoi ojentaen paperin ja kynän Raijan käsiin.

Täytettyään nyrpeänä kaavakkeen, Raija lähti ulos huoneesta ja alas pihalle, jossa kohtasi Maijan autonsa viereltä.

"Mitä sinä täällä teet?" Raija kysyi äkäisesti.

Maija kertoi edellisen illan seikkailustaan ja siitä kuinka auto oli joutunut museon parkkipaikalle ja tullut ryöstetyksi.

"Oli ihan idioottimaista mennä Kurttusille! Mitä ihmettä sinä oikein ajattelit? Pelkkää kuvittelua, että joku muka seurasi…!" Raija jatkoi sättimistä, mutta keskeytti huomatessaan Kaijan lähestyvän.

Kaija kertoi, että Mara oli lupautunut viemään Maijan auton korjaamoon, joten hän voisi mennä työpaikalleen taksilla, jonka Kaija oli jo tilannut.

Mennessään sisälle vastaanottamaan uutta työnhakijaa Kaija sanoi vielä Raijalle:

"Kohta nähdään!"

Kurt myöhästyi viisi minuuttia tapaamisesta. Kaija ehti jo pelätä, ettei hän tulisikaan, kun ovelle koputettiin ja sisään astui hengästynyt, komea mies.

"Anteeksi, että olen myöhässä! Olen uusi tässä kaupungissa ja ajoin väärin yhdessä risteyksessä, enkä päässyt kääntymään takaisin ennen kuin olin jo vaikka kuinka kaukana", hän selitti hikeä pyyhkien.

"Ei haittaa! Tiedän varsin hyvin millaista se on. Kaikki yksisuuntaiset kadut. Ihan toivotonta välillä. Ole hyvä ja istu!"

Haastattelu paljasti Kaijalle huiman eron Raijaan nähden ammattitaidossa. Työtodistus oli myös vakuuttava ja vaikka Kaijan ruotsinkielentaito ei ollut kovin hyvä, hän tajusi sen sisällön. Kaijasta tuntui hämmästyttävältä, että mies tyytyi siivoustyöhön. Hän mietti, miten muodostelisi kysymyksen, kun Kurt-Ola alkoikin selittää olevansa toiselta ammatiltaan taidemaalari. Todellisuudessa hän ei ollut koskaan pitänyt sivellintä kädessään, mutta laskelmoi, että koska Kaijan mies oli taiteilija, se saattaisi tarpeen tullen auttaa asioiden etenemisessä.

"Paremminkin Ruotsin puolella olen jo jonkin verran saanut nimeä, mutta se ei vielä ihan riitä toimentuloon", hän selitti.

Kaija katsoi tietävänsä riittävästi ja pyysi miestä odottamaan hetken käytävässä, sillä hän uskoi olevansa valmis tekemään päätöksensä nopeasti.

Hän tunsi olevansa puun ja kuoren välissä Raijan suhteen. Asiaan vaikutti se, että hän todella halusi antaa Raijalle töitä. Toisaalta hän oli varma, että Raija ei selviytyisi siivouksesta kovinkaan hyvin ja vastassa oli sentään ammattitaitoinen Kurt-Ola.

Lopulta hän päätyi erikoisratkaisuun, koska todella tarvitsi kaksi työntekijää. Hän päätti, että Kurt-Ola ja Raija jakavat työn siten, että tekevät sitä ainakin alkuun yhdessä. Silloin Raija saisi huomaamattaan tarvitsemaansa koulutusta ilman, että Kaijan tarvitsi tarkkailla häntä erityisemmin, mikä olisi todella raskasta Raijalle. Sen hän tiesi siskostaan.

Hän kutsui molemmat työnhakijat yhdessä sisälle.

"Esittelenkin tässä teidät toisillenne, sillä teistä tulee läheiset työtoverit. Tämä tässä on Raija, joka on myös minun sisareni ja Kurt-Ola, joka on ammattilainen ja muuttanut Tukholmasta tänne", hän sanoi.

Raija ja Kurt kättelivät toisiaan.

"Aika hauskaa, että sinun nimesi on Kurttula, kun tuo Kaija on Kurttunen!" naurahti Raija hermostuneena.

Kaija punastui hänen puolestaan.

"Raija, se on etunimi. Hänen koko nimensä on Kurt-Ola Gustafsson."

Puna nousi Raijankin kasvoille ja hän yritti korjata tilanteen sanoen uudelleen koko nimensä:

"Minä olen siis Raija Möttönen!"

Kurt hätkähti ja mietti itsekseen:

"Älä vaan väitä olevasi Tapsan vaimo! Varsinainen käpykylä on tämäkin, jos niin on. Vaikka on se hyvä tietää, etten mokaa!"

Kumpikin työnhakija hyväksyi ajatuksen yhdessä tekemisestä ja sovittiin työn alkavan seuraavana maanantaina. Kaija antoi heille kummallekin kortit, millä he pääsisivät sisään museoon aamuvarhaisella.

&

Kurtilla oli paljon mietittävää. Sätkivä Siika sataman tuntumassa oli verraton paikka keskittyä omiin ajatuksiinsa. Saatuaan kaivatun, kuohuvan tuopin eteensä, Kurt vetäytyi kapakan kaukaisimpaan nurkkaan saadakseen olla rauhassa.

Epäilykset olivat heränneet Tapion suhteen. Oliko hän luottanut väärään mieheen? Tietysti Möttösiä voi olla muitakin, mutta jos tämä Raija todella on Tapion vaimo, niin miten rahat joutuivat hänen sisarensa haltuun?

Kurt oli pötkinyt pitkälle juuri ihmistuntemuksensa ansiosta. Tätä ennen hän oli erehtynyt vain kerran. Torsten ei ollutkaan niin taipuisa, kuin Kurt oli uskonut valitessaan hänet kumppanikseen liikemiestaitojensa vuoksi. Hänen selkärankansa ei ollut taittunut suuremman voiton toivossa, vaan rehellisyys oli hänen valttinsa. Se koitui hänen kohtalokseen.

Nyt hän pohti uskalsiko Tapio todella uhmata häntä viemällä rahat muijansa siskon avulla Alfonsin nenän edestä? Hän ei voinut uskoa sellaista. Mies vaikutti täysin luotettavalta kertoessaan, ettei ollut edes puhunut vaimolle koko asiasta.

"Hei, minä olen Linda! Onkos tässä tilaa?" kuului kysymys, joka katkaisi Kurtin ajatuksen.

"Ei oo tilaa! Ala vetää!"

Nainen poistui loukkaantuneena, ja Kurt palasi ajatuksiinsa. Hän kaivoi esiin taskukalenterin ja kynän aikoen samalla tehdä merkintöjä.

Hän oli tavannut Tapion ensimmäisen kerran Roiskuvassa Ravassa, joka oli miehen kantapaikka. Lyhyen tuttavuuden jälkeen Tapio oli tilittänyt katkerana epäonnistumistaan liiketoiminnassa, kun vanha työnantaja oli vähä vähältä vienyt hänen aiemmin kaappaamaansa asiakaskuntaa takaisin. Lopulta yrityksellä oli vain verovelkaa ja käyttämätön toiminimi ja miehellä sosiaaliavustukset ja ovelasti sivuun pannut rahat, jotka nekin olivat pian loppumassa.

Kurt tarttui heti tilaisuuteen ja puuttumatta yksityiskohtiin kertoi liikeideastaan, jonka pystyisi rahoittamaan, kunhan saisi käyttöönsä paikallisen toiminimen ja vetäjän. Kun oli lyöty kättä päälle, Kurt kertoi rahan olevan vihreässä kassissa metsässä ulkoilualueen tuntumassa eikä Tapio pitänyt asiaa mitenkään kummallisena muutaman tuopillisen jälkeen kuultuna. Kurt kertoi, että olisi parempi, jos joku muu kuin hän itse hakisi sen sieltä siltä varalta, että hänet olisi pantu merkille sitä viedessään. Koskaan ei voisi olla liian varovainen. Hän ehdotti, että Tapio hakisi sen, mutta mies suhtautui niin kuin vain muutaman oluen juonut suomalainen mies tekee:

"Minä kuulesh oo mikään juoksupoika! Minä olen toimitushjohtaja!"

Kurt hiljensi hänet ja jatkettiin neuvottelua ja lopulta he pääsivät yhteisymmärrykseen. Kurt suostui, tosin pitkin hampain, kolmanteen osapuoleen, Alfons Härmään, jolle luvattiin palkkio kertasuorituksena.

Haettuaan tiskiltä uuden oluen, Kurt mietti jälleen, oliko mahdollista, että Tapio ja Alfons olivat liittoutuneet ja ottaneet vielä Tapsan vaimonkin siskoineen mukaan. Oli kuitenkin eräs ilmeinen ristiriita. Miksi Tapsan vaimo hakisi siivousta työkseen, jos tietäisi rahoista?

Ainoa varma asia oli, että hänen uudella pomollaan Kaija Kurttusella oli hänen rahansa hallussaan, mietti Kurt lopulta ja päätti keskittää toimintansa sen tiedon ympärille. Rahat olivat Kurttusen kotona ja siirretty pois kassista, joka oli annettu tyttären urheilukäyttöön. Kurt tapasi tytönkin ohimennen museolla.

Hän huomasi pyörittelevänsä kynää käsissään eikä ollut kirjoittanut mitään muistiin, mutta tiesi silti, että avain oli löytynyt ja hän tulisi toimimaan sen mukaisesti.

Lähtiessään, hän pyysi baarimikkoa soittamaan taksin.

"Anna olla sen taksin, Pera! Mä voin kuskata herran Escortillani ihan mihin ikinä se haluaa!" sanoi Linda, jonka Kurt oli aiemmin häätänyt pöydästään.

"Olkoon menneeksi!" hän mietti. "Misu on ihan mukiinmenevän näköinen!"

Mennessään autoon, joka oli parkkeerattu läheiselle kujalle Linda selitti:

"Tästä löydettiin pari vuotta sitten yhden venäläisen miehen ruumis. Sen oli kuristanut yks venäläinen amatsoni!"

Kurt ei vastannut, vaan sytytti savukkeensa ja istui etupenkille. Lindan istuutuessa Escortin ratin taakse hän nappasi tupakan pois Kurtin hampaista, heitti sen kadulle ja starttasi.

&

Komisario Aarno Laitapuoli oli saapunut sairaalaan. Tuntematon mieshenkilö, joka oli vakavasti loukkaantunut, makasi tajuttomana. Hänen henkilöllisyyttään ei voitu varmistaa, sillä häneltä ei löydetty mitään, millä sen olisi

74

saanut selville. Laitapuoli tiesi vain, että mies oli löydetty rannalta ja ollut ilmeisesti vedessä, sillä hänen vaatteensa olivat märät. Komisario odotti hoitavan lääkärin lausuntoa saadakseen selville mitä miehelle oli tapahtunut, kun hän oli joutunut veteen. Lopulta lääkäri tuli paikalle ja kätteli poliisia:

"Anteeksi, että jouduitte odottelemaan. Täällä on tänään ollut täysi tohina päällä."

Laitapuoli vakuutti, ettei odottelu haitannut, sillä hänellekin teki joskus hyvää vain istua rauhassa ja miettiä.

He siirtyivät tajuttoman miehen tilanteeseen, ja lääkäri kertoi useista vakavista sisäisistä vammoista, jotka olivat olleet vähällä tehdä hänestä lopun heti sairaalaan saavuttuaan.

"Toistaiseksi olemme onnistuneet pitämään hänet hengissä, mutta ei ole syytä olla kovin toiveikas. Sisäisten vammojen lisäksi hänellä on toinen jalka murtunut. Hänellä on myös paha ruhje, joka näyttäisi syntyneen auton turvavyöstä ja lisäksi lasinsirpaleita on löytynyt erityisesti kasvoista, mutta myös muualta hänen vartalostaan. Kaikki siis viittaisi auto-onnettomuuteen paitsi se, että hänet löydettiin rannalta ja märkänä. Loput taitaakin olla tcidän hciniä."

"Voinko saada nähdä hänet ja myöskin hänen yllään olleet vaatteet?" pyysi Laitapuoli.

"Kyllä se sopii. Yksi asia ehkä on myöskin avuksi tunnistamisessa. Miehellä on nimittäin oikeassa käsivarressa tatuointi. Sydän, jonka vierellä kirjaimet AH ja LL", lääkäri muisti vielä mainita heidän mennessä huoneeseen.

Miehen näkeminen kauhistutti jopa karaistunutta komisario Aarno Laitapuolta. Hänen tunnistamisensa olisi täysi mahdottomuus kenelle tahansa. Mustelmien lisäksi miehen kasvot olivat täynnä haavoja lasinsirpaleista. Lisäksi hänet oli kytketty moneen eri laitteeseen. Lääkäri nosti peitettä, jonka alla mies makasi alastomana ja näytti rinnassa olevaa ruhjetta, jonka uskoi syntyneen turvavyöstä. Laitapuoli pani merkille myös tatuoinnin, josta hänelle oli mainittu. Jompikumpi kirjainyhdistelmistä ilmeisesti tuli miehen omasta nimestä. Siinä kaikki mitä hänestä tällä hetkellä voitiin tietää. Vaatteet eivät kertoneet kovin paljon. Valkoinen kauluspaita, suorat ruskeat housut ja sandaalit. Tosin niistä toinen oli kateissa, mutta toinen oli ollut miehen jalassa.

Laitapuoli poistui sairaalasta, kiitettyään tohtori Edvard Lukkomäkeä avuliaisuudesta. Autolle päästyään, hän soitti välittömästi sihteerilleen Taimi Sihdille pyytäen selvitystä mahdollisista kolareista lähivuorokausien aikana.

Komisarion saapuessa poliisiasemalle Taimi kertoi, ettei kuluneen viikon aikana ollut tullut ilmoitusta yhdestäkään kolarista. Ainoa autoon liittyvä vahinkotapaus oli rikosilmoitus, jonka Kaijan sisko, Maija, oli tehnyt, koska hänen autoonsa oli murtauduttu museon pihalla. Aarno ei ollut kuullutkaan tapauksesta ja oli ihmeissään, kun Taimi tiesi kertoa, että autosta oli varastettu vain Säteen vihreä luistelukassi.

"En tiedä onko tällä yhteyttä mihinkään, mutta äsken tuli ilmoitus, että näköalapaikan kaide on rikottu. Sitä pitäisi varmaan käydä katsomassa ja laittamassa jotain varoituksia", vaihtoi Taimi puheenaihetta.

"Kiitos tiedoista! Minä hoitelen sen näköalapaikan, että pääset itse rutiinien kimppuun", Laitapuoli lupasi.

"Odota vielä! Olin ihan unohtaa yhden tärkeän jutun. Pöydälläsi on lappu, jossa on soittopyyntö Tukholman poliisilta. Haluavat virka-apua jonkin kuolemantapauksen yhteydessä. Joku liikemies on hypännyt junan eteen tai jotain sellaista."

"Tuskin minusta on antamaan virka-apua Tukholman poliisille, mutta soitan sinne heti. Kiitos Taimi!"

Tukholman poliisi oli jo aikaisemminkin ottanut yhteyttä etsiessään Kurt Kurhi-nimistä ruotsinsuomalaista liikemiestä, jonka tiedettiin tulleen Suomeen. Hän oli kavaltanut varoja yrityksestä, jonka omisti yhdessä Torsten Rylöfin kanssa. Rikoksen paljastuttua Rylöf teki nähtävästi itsemurhan hyppäämällä junan eteen, kun taas Kurhi matkusti Suomeen.

Ilmoituksen saatuaan Laitapuoli oli sivuuttanut jutun tärkeämpien tieltä pitäen epätodennäköisenä sitä, että rikollinen olisi valinnut rauhallisen pikkukaupungin pakopaikakseen. Asia kuitattiin sillä, että passipoliiseja pyydettiin tarkkailemaan ruotsalaisten autojen liikkeitä seudulla. He olivatkin silloin tällöin kertoneet havainnoistaan, kuten aivan äskettäin Tapparainen, joka oli Rantatiellä haastatellut ruotsalaista arkkitehtiä, joka ajeli siellä hienolla Volvolla.

Todellisuudessa ruotsalaiset turistit eivät täällä olleet harvinainen näky, kuten ei muissakaan Suomen merenrantakaupungeissa. Oli sikälikin kaukaa haettua, että hän ajelisi Suomessa autolla, joka olisi Ruotsin rekisterissä, koska hänen tiedettiin matkustaneen lentokoneella.

&

Laitapuoli oli yllättynyt, kun soittopyyntö olikin tullut Tukholman poliisin murharyhmän päälliköltä Antti Alapunkerolta eikä petospuolelta, kuten aiemmin. Ilmeisesti tapahtumiin oli tullut uutta valoa. Aarnon helpotus oli suuri, kun saisi keskustella suomenkielellä, sillä hän tunsi itsensä avuttomaksi joutuessaan hoitamaan asioita etenkin riikinruotsalaisten kanssa. Hän näppäili numeron ja jäi odottamaan. Kiitollisena hän huomasi, että numero oli suoraan Alapunkerolle.

"Aarno Laitapuoli täältä rapakon takaa. Olit jättänyt soittopyynnön..."

"Juu. Hei! Sait varmaan pari viikkoa sitten ilmoituksen liikemies Kurt Kurhista?"

"Kyllä sain. En tosin pitänyt kovin todennäköisenä, että hän olisi täällä meidän kaupungissamme. Meillä kun on niin pienet ympyrät, että vieraat huomataan helposti."

"Viime ilmoituksen jälkeen tutkimukset ovat tuoneet esille uusia piirteitä liikekumppanin kuolemasta. Meillä on perustellut syyt epäillä, että hänet murhattiin. Samalla pääepäillyksi on noussut samainen Kurt Kurhi."

"Ahaa! Siksi asia siis on siirtynyt teille murharyhmään! Sitä vain ihmettelen, miksi hänen oletetaan olevan täällä?" kyseli Laitapuoli.

"On käynyt ilmi, että Kurhin auto on toimitettu Vaasan kautta Suomeen ja tuotu sieltä sinne teidän suuntaan. Umeån poliisi nappasi epäilyttävästi käyttäytyvän pikkurikollisen, joka teki pikaisen matkan Suomeen ja menomatkalla mukana ollut auto vaihtui sillä matkalla setelinippuun."

"Kertoiko mies tuoneensa auton tänne?"

"Kerroimme hänelle, mitä seuraamuksia on varastetun auton kuljettamisesta Suomeen, josta seurasi, että hän varsin vuolaasti kertoi oikein omistajan luvalla ajaneensa auton sinne. Hänellä oli mukanaan kirjekuori, jossa oli ajo-ohjeet ja jossa auton avaimet ja matkalippu oli toimitettu hänelle. Auton hän jätti ohjeen mukaisesti eräälle parkkipaikalle teidän satamanne lähelle."

"Kertoiko hän tavanneensa Kurhin täällä?"

"Ei tainnut tavata, sillä hänen piti piilottaa avain vasemman takarenkaan päälle."

"Palataanpa sitten siihen oletettuun murhaan. Mikä on saanut Tukholman poliisin uskomaan itsemurhan sijasta murhaan?" kysyi Laitapuoli.

"Meillä on yllätystodistaja. Eräs koululainen, joka oli seisonut aivan Rylöfin lähellä, oli nähnyt kaiken. Hän oli

pitkään shokissa eikä muistanut näkemäänsä. Lopulta hän
toipui niin paljon, että pystyi kertomaan tapahtumasta."

"Mitä hän kertoi?"

"Uhri oli ensin seisonut yksinään laiturilla. Toinen mies,
johon sopivat Kurhin tuntomerkit, oli tullut paikalle ja
vetänyt Rylöfin sivummalle. Olivat "puhuneet vihaisesti"
toisilleen, kuten lapsi sanoi. Sitten Kurhi oli kääntynyt
lähteäkseen, mutta oli samalla potkaissut kovan potkun
kumppaninsa selkään, niin että hän oli pudonnut kiskoille
juuri kun juna ajoi asemalle."

Laitapuolta ahdisti ajatus siitä, mitä lapset saattoivat jou-
tua näkemään.

Miehen putoaminen oli suunnannut kaikkien huomion
raiteille, joten murhaaja pääsi poistumaan paikalta kenen-
kään estämättä tai edes huomaamatta hänen olleen paikalla.

"Kurhilla oli Suomeen tullessaan mukanaan vain vihreä
kassi", jatkoi Alapunkero.

"Mistä sellainen on saatu selville?" ihmetteli Aarno.

"Etsinnöissä löytyi taksikuski, joka oli ajanut hänet
Arlandaan. Kuljettaja sanoi miehen käyttäytyneen jotenkin
oudosti laukun suhteen ja siksi jääneen hänen mieleensä.
Hän paimensi laukkuaan kuin lemmikkieläintä eikä irrotta-
nut siitä katsettaan edes vaihtorahaa vastaanottaessaan.
Kuljettaja oli yrittänyt laskea leikkiä ja sanonut, että taitaa
olla arvokasta lastia, mutta mies ei ollut muuta kuin

ärähtänyt jotain töykeästi ja mennyt kovaa vauhtia ulko-
maanterminaaliin."

"Laukku varmaan oli sitten hänellä käsimatkatavarana.
Muussa tapauksessa hän olisi varmaan itsekin matkustanut
ruumassa?" totesi Laitapuoli.

"Kyllä. Sekin saatiin selville, että hänellä oli laukku koko
ajan mukanaan."

"Osaatkos yhtään tehdä luonneanalyysiä tästä tyypistä?
Meinaan vaan, että voiko häntä pitää vaarallisena noin
yleisellä tasolla?"

"Rylöfin kuolema kertoo häikäilemättömyydestä. Kurhi ei
kaihda keinoja, jos joutuu ahtaalle, ja on luultavaa, että hän
tuntee olevansa ahtaalla. Hän on nimittäin takuulla selvillä
siitä, että hänen tiedetään tällä hetkellä olevan Suomessa ja
tietää myös, että sieltä hän ei pääse poistumaan jäämättä
kiinni."

"Okei. Faksaatko minulle kaiken mitä tähän mennessä on
selvillä? Otan tämän hyvin vakavasti ja tulen tekemään
kaikkeni asian selvittämiseksi. Siitä vihreästä kassista vielä.
Se tuntuu olevan jotenkin tärkeä. Onko teillä tietoa sen
sisällöstä?"

"No, siinä on luultavasti melkoinen summa käteistä rahaa.
Vaikuttaa siltä, että sveitsiläisten pankkitilien lisäksi Kurhi
on nostellut käteistä vähän kerrallaan."

"Selvä. Otamme siis vihreät urheilukassit tarkkailuun.
Luultavasti monet viattomat liikunnanharrastajat joutuvat

häirityiksi lähipäivinä, mutta voit olla varma, että saat kaiken apuni."

"Kiitos! Pidetään yhteyttä. Sain sihteeriltäsi sähköposti- osoitteesi. Pysytään ajan tasalla. Terve!"

Laitapuoli laski luurin mietteissään ja kutsui konstaapeli Tapparaisen paikalle.

&

Kurt oli lopulta päässyt eroon tunkeilevasta Lindasta suostuttuaan antamaan hänelle sen mitä tämä halusi. Escortin jouset olivat kovilla Munkkikujan suojissa, ja lopulta vakuutettuaan soittavansa naiselle seuraavana päivänä, hän sai kyydin asuintalonsa eteen, kuten antoi Lindan uskoa. Hän nousi autosta ennen kuin Linda ehti tarttua häneen uudelleen, heitti oven kiinni ja käveli rappukäytävän ovea kohti. Sinne päästyään hän jäi vilkuttamaan ja odotti, kunnes auto oli poissa näkyvistä. Sen jälkeen hän lähti kiireesti parin korttelin päässä olevaan kotiinsa.

Sikarin pää hehkui punaisena Kurtin nautiskellessa yhtä viimeisistä kuubalaisistaan. Hän tunsi kuinka se sai hänen mielensä rauhoittumaan. Hän oli tilanteessa, jossa tarvittiin huolellista harkintaa. Hän alkoi jo katua sitä, että oli saatellut Alfonsin viimeiselle matkalleen. Se saattoi olla virhe, sillä hän olisi kyllä auliisti kertonut keskustelun jatkuessa, jos heillä oli ollut omat kuvionsa Tapsan kanssa.

Sekin rauhoitti Kurtia, että Alfons ei ollut hädissään edes maininnut Tapiota, vaikka pelkäsi kuollakseen. Saattoi siis todella olla sattuma, että Tapiolla ja Raijalla oli sama sukunimi. Ehkä he eivät edes tunteneet toisiaan. Tai vaikka Kaija Kurttunen olisikin Tapion vaimon sisko, silti oli mahdollista, että kyseessä oli vain sattumien summa.

"Maanantaina selvitän asian. Raija varmaan tietää ainakin sen, kenen kanssa Kaija käy sauvakävelyllä."

Mietittyään asiaa Kurt oli melko varma siitä, että Kaijan urheilullinen tytär, joka oli varttumassa naiseksi harrasti liikuntaa myös äitinsä kanssa. Alfons ei ehkä vain huomannut, että hän oli vielä melkein lapsi.

"Juuri niin. Tyttö sai palkkioksi kassin ja äiti vei sisällön. Niin sen täytyy olla!" vakuutti Kurt itselleen.

Juuri tällä hetkellä hän kaipasi kassin sisällöstä eniten pistoolia. Vaikeina hetkinä hänellä oli tapana pitää sitä kädessään ja sivellä sitä ja tuntea itsessään siitä lähtevän maagisen voiman.

&

Kahdeksanvuotias Kurt avasi silmänsä sairaalan vuoteessa ja näki itkuisen äitinsä hymyilevän sen vieressä. Kaikki puhuivat ihmeestä, sillä hän oli maannut tiedottomana useita kuukausia pudottuaan pimeän kellarin portaissa, kuten hänelle kerrottiin. Äiti kertoi naurun ja itkun lomassa, kuinka oli aina varoittanut häntä pimeistä portaista ja kieltänyt edes menemästä kellariin, mutta vilkas lapsi kun oli, niin eikös vaan lopulta löytynyt tajuttomana portaiden alta.

Kurt kuunteli hiljaa katsellen äitiään. Hän muisti kaiken ja tiesi, että äidin puheet olivat täyttä puppua.

Isä oli tullut sinä iltana kotiin tavallista aikaisemmin ja tavallista juopuneempana ja alkoi vaatia äitiä makuuhuoneeseen ja kuten niin usein ennenkin, halusi Kurtin tulevan yleisöksi. Äiti taisteli vastaan ja isän lyödessä äidin maahan, Kurt avasi kellarin oven piiloutuakseen sinne. Isä huomasi hänen tarkoituksensa ja tuli ovelle ja työnsi hänet raivoisasti portaisiin huutaen hävyttömyyksiä hänen peräänsä.

Kurt-pojasta oli mahdotonta ajatella, että siitä oli jo kuukausia, sillä hänestä tuntui kuin se olisi ollut eilen.

Ensimmäistä kertaa seuraukset olivat olleet näin vakavat, vaikka ei todellakaan ollut ensimmäinen kerta, jolloin isä oli pahoinpidellyt häntä ja äitiä. Kuinka monta kertaa Kurt olikaan joutunut keksimään tekosyitä voidakseen olla osallistumatta liikuntatunneille. Pahoinpidelty keho, joka oli täynnä mustelmia olisi ollut kaikkien nähtävillä suihkussa ja paljastanut kaiken. Pelko oli Kurtin lapsuuden tutuin tunne. Se oli mukana, missä ikinä hän liikkuikin.

Sairaalasta päästyään Kurt sai olla jonkin aikaa äidin kanssa kahden, mutta kuten aina ennenkin, isä väitti muuttuneensa ja pääsi takaisin heidän luokseen asumaan.

Viisitoistavuotiaana, useita itseään ja äitiään kohdanneiden pahoinpitelyjen jälkeen, Kurt näki lelukaupan näyteikkunassa hyvin aidon näköisen aseen. Äidin talousrahoista varastamillaan rahoilla hän osti sen itselleen ja oli innoissaan siitä, että se myös kuulosti oikealta aseelta.

Vähän sen jälkeen, isä alkoi tapansa mukaan heti kotiin tultuaan haastaa riitaa äidin kanssa. Kurt kuuli sen omaan huoneeseensa. Hän otti esiin pistoolinsa ja laukaisi sen kerran huoneessaan. Riitelyn äänet vaikenivat, ja Kurt suuntasi olohuoneeseen osoittaen aseellaan isäänsä ja sanoi:

"Saat tasan viisi minuuttia! Keräät kamppeesi ja lähdet! Sen jälkeen, jos ikinä astut sisään tuosta ovesta, saat takuulla kuulan kalloosi!"

Isä ei tarvinnut viittä minuuttia, vaan häipyi nopeasti eikä häntä ollut näkynyt sen jälkeen.

Isän lähdettyä, Kurt meni huoneeseensa eikä asiasta puhuttu sen jälkeen. Äiti ei milloinkaan pyytänyt nähdä asetta eikä Kurtille selvinnyt tiesikö hän, ettei se ollut oikea. Siitä lähtien leikkiase oli ollut hänelle turvallisuuden lähde ja aina vaikeina hetkinä hän piteli sitä käsissään.

&

Sairaalan teho-osastolla valvottiin tiukasti tuntemattoman uhrin tilannetta. Kun siitä puhuttiin käytettiin termiä: vakava, mutta vakaa. Toisin sanoen, välitön hengenvaara oli ohitettu toistaiseksi. Vieläkään ei ollut käsitystä potilaan henkilöllisyydestä eikä siitä miten hän oli loukkaantunut. Ei tiedetty selviäisikö asia koskaan, sillä pysyvän aivovamman mahdollisuus oli melko todennäköinen.

Myöskään poliisit eivät olleet juurikaan edenneet asian tutkinnassa, kuten hitaasti lämmenneen teeveeruudun uutisankkuri Urpu Matikainen tiesi kertoa Kurtin lisätessä volyymia kuullakseen tarkemmin.

"Näköalapaikan läheisyydestä löytyneen vakavasti loukkaantuneen miehen henkilöllisyyttä ei ole voitu selvittää, koska sairaalasta saadun tiedon mukaan hän ei ole palannut tajuihinsa. Poliisi pyytää apua asiassa. Tässä miehen tuntomerkit: Keskimittainen mies, joka oli pukeutunut ruskeisiin suoriin housuihin ja valkoiseen kauluspaitaan. Toinen hänen jaloissaan olleista sandaaleista on kadonnut. Miehellä on oikeassa kädessään tatuointi, jossa on kirjainyhdistelmät AH ja LL. Poliisi epäilee näköalapaikan turvakaiteen rikkoutumisen liittyvän asiaan, mutta ei ole toistaiseksi antanut tarkempaa tietoa. Mahdolliset silminnäkijähavainnot, samoin kuin jos tunnistatte uhrin, voitte ilmoittaa ruudulla näkyvään poliisin numeroon."

Kurt tuijotti ruutua lasittunein silmin.

"Miten se tyyppi oli voinut selvitä siitä ilmalennosta?"

Uudet uhkakuvat alkoivat nousta hänen mieleensä ja hän alkoi rauhattomana kulkea pienessä huoneessaan. Hänen koko tulevaisuutensa oli vaakalaudalla. Rahat oli löydettävä nopeasti ja hänen oli myös huolehdittava siitä, että Alfons ei heräisi laulamaan!

Hän veti takin ylleen ja lähti ulos.

Volvo oli pitkäaikaisparkissa rautatieasemalla, sillä Kurt oli ajatellut sen ruotsalaisine rekisterilaattoineen pysyvän siellä paremmin huomaamattomana kuin jos olisi säilyttänyt sitä katujen varsilla. Autossa tuskin oli naarmuakaan. Kurtin kiillotettua sen puskurin, ei olisi koskaan voinut uskoa auton olleen mukana toisen auton puskemisessa mereen. Volvo oli kuin panssarivaunu. Hän käveli kohti rautatieasemaa samalla miettien kuinka tyhmää oli ollut kiintyä pahaiseen autoon ja toimittaa se tänne, missä sen jäljille oli helppo päästä.

Hän lähti liikkeelle suunnaten Rantatielle.

Kurttusen loistohuvilan portti oli suljettu, kuten aina. Illan jo hämärtyessä talon ikkunoista loisti kodikasta valoa. Pihasta kuului lasten iloisia ääniä, mutta heitä ei näkynyt, joten leikkipiha oli rakennuksen toisella puolella.

Kurt oli juuri kurkistamasta portista, kun hän näki talon rouvan tulevan reippain askelin verryttelyasussaan suoraan häntä kohti. Kaija oli juuri sulkemassa takkinsa vetoketjua eikä huomannut miestä, joka ehti vetäytyä samaan pensaikkoon mihin Alfonskin oli turvautunut aikaisemmin.

&

Suljettuaan portin Kaija pysähtyi miettimään kumpaan suuntaan lähtisi ja kääntyi sitten näköalapaikalle päin ja alkoi hölkätä.

Napakka isku takaraivoon sai hänet kaatumaan tajuttomana jalkakäytävälle.

Kantaessaan tajutonta Kaijaa, Kurt kiitti onneaan, että nainen oli hoikka ja kevyt. Kaikki sujui mukavasti ja saatuaan Kaijan takapenkille hän teippasi hänen kätensä yhteen selän taakse ilmastointiteipillä, jota hänellä oli aina autossa. Hän teki saman nilkoille ja veti lopuksi teipin myös suun yli, siltä varalta, että nainen palaisi tajuihinsa ja alkaisi huutaa.

Kaikki oli tapahtunut odotettua nopeammin ja Kurtin suunnitelma kaipasi vielä yksityiskohtia, kuten tietoa siitä, mihin naisen voisi viedä. Oli selvää, ettei hän voinut viedä Kaijaa omaan kämppäänsä, sillä seinät siellä olivat paperinohuet. Kurt oli valvonut monia öitä kuunnellen naapurinsa kuorsausta ja örinää.

Eräänä päivänä satamassa kävellessään Kurt oli huomannut siellä huvipurren, joka vaikutti lähestulkoon hylätyltä laiturissaan. Satamavahti kertoi sen kuuluvan liikemies Römbergille, joka oli jo pari vuotta asunut vaimonsa kanssa ulkomailla. Venettä pidettiin vesillä vain siltä varalta, että he poikkeaisivat Suomessa kesän mittaan.

"Sillä on nyt uusi rouva, semmonen taiteilija ja taitavat viihtyä paremmin jossain lämpimässä. Passaahan se kaiken jälkeen mitä kokivat."

Kurt sai myös kuulla, että joka kevät näihin aikoihin pursi huollettiin ja laskettiin vesille, vaikka saattoi olla, että kukaan ei käyttänyt sitä kesän mittaan.

Ajettuaan satamavartijan kopin läheisyyteen Kurt pysäytti auton. Vilkaisu takapenkille osoitti, että Kaija oli heräämässä, joten oli pidettävä kiirettä. Hän kantoi rimpuilevan Kaijan veneeseen ja jätti hänet sinne.

Sen jälkeen hän meni tapaamaan vartijaa, joka yllättyi vieraasta joka häiritsi hänen sanomalehden lukuaan.

"Moi! Muistathan minut? Kävin tässä yhtenä päivänä vilkaisemassa tuota Römbergin huvipurtta. Sain hänet vihdoinkin kiinni Malesiasta ja tein tarjouksen veneestä ja hän oli valmis myymään. Pitäisi päästä koeajolle. Sinulla on tiettävästi avain. Saisinko sen?"

"Eikös olis paree lähteä vasta aamulla, kun kohta on ihan pimeetä?" vastusteli vartija.

"Tarkoitus on vain vähän kokeilla tässä lähistöllä, että kaikki on kunnossa. Huominen on taas täynnä liikeneuvotteluja. En ehdi silloinkaan kuin vasta illansuussa paikalle."

"No, omapahan on asianne. Kyllä se paatti ihan kunnossa on. Oli isossa remontissa pari vuotta sitten, kun se entinen akka ajoi sen kiville. Tässä tää avain on."

Kurt nappasi avaimen ja juoksi veneelle juuri parahiksi huomatakseen Kaijan olevan täysin tajuissaan. Hän kantoi naisen hyttiin, pani hänet istumaan penkille ja poistui ohjaamoon käynnistämään veneen ja juoksi kannelle irrottamaan sen laiturista. Vähän sen jälkeen hän palasi ja repäisi teipin Kaijan suulta.

"Meillä on vakavaa keskusteltavaa."

Sitten hän palasi ohjaamoon ja jätti Kaijan ihmettelemään.

&

Kurttusen perheen päivällishetki oli kulunut rattoisasti päivän tapahtumia kertaillen ennen Kaijan lähtöä lenkille. Säde oli onnellinen, sillä he olivat isän kanssa käyneet ostamassa hänelle uudet luistimet ja uuden urheilukassin. Kun he olivat aikaisemmin puhuneet laukun ostamisesta, Kaija oli pyytänyt heitä hankkimaan myös hänelle sellaisen.

Hän oli viime aikoina tehnyt osan paperitöistä kotona, voidakseen olla ottamassa lapsia vastaan, kun he tulivat koulusta. Suuria mappeja oli hankala liikutella, joten kassi tulisi tarpeeseen. Urheiluliikkeen esitteestä he löysivätkin mukavan mallin, joka näytti melko lailla samanlaiselta kuin Maijan painava urheilukassi. Kaija valitsi kuvastosta itselleen sinisen muistaessaan, että Maijan laukku oli vihreä, vaikka olikin melko mahdotonta, että he joskus joutuisivat sellaiseen tilanteeseen, että laukut menisivät sekaisin.

Kun Mara ja Säde sitten liikkeessä halusivat pinkin ja sinisen kassin, tuli myyjä onnettomana varastosta mukanaan pinkki ja vihreä, sillä siniset olivat päässeet loppumaan. He saivat kuulla, että sinistä oli kyllä tilattavissa, mutta tuntui tarpeettomalta odottaa, sillä vihreäkään ei näyttänyt hullummalta. Toimitusaika Ruotsista olisi kuitenkin voinut venähtää melko pitkäksi.

Kotona Kaija oli ihan tyytyväinen vihreään kassiinsa ja laittoi kiitollisena kansiot odottamaan seuraavaa päivää. Hän oli myös ostanut pienet lahjat Oilin veljenpojille, Karalle ja Åkelle, joita Oili oli menossa tapaamaan samalla kun vieraili Oslon historiallisessa museossa.

Säde oli innoissaan myös suuresta haasteesta, jonka oli saanut Tatjanalta. Opettaja oli suunnitellut syyskauden päätösesitykseen ohjelman, jonka pääroolissa tarvittiin kaksi tyttöä, ja Säde oli heistä toinen. Hänen kanssaan luistelisi Siru Kortti, josta näiden parin yhteisen harrastusvuoden jälkeen oli tullut hänen paras ystävänsä.

Alussa Säde oli hävennyt hiomatonta tekniikkaansa, sillä Siru oli saanut ohjausta nelivuotiaasta saakka, mutta sen sijaan, että olisi arvostellut ja vähätellyt Säteen taitoja, hän oli alusta asti hyvin kannustava ja oli yhtä innoissaan ystävänsä nopeasta edistymisestä kuin opettaja Tatjana Ustinova ja Säde itse. Harjoitusten oli ollut tarkoitus alkaa samana päivänä kuin Säteen luistimet varastettiin.

&

Kaija oli samanaikaisesti sekä peloissaan, että täysin ymmällään. Mikä oli voinut saada Kurt-Olan noin raivon valtaan heidän lyhyen tuttavuutensa aikana? Mitä ihmeen keskusteltavaa heillä olisi? Hän oli ottanut miehen avosylin alaisekseen ja vieläpä erinomaisin ehdoin miehen kannalta. Kurt-Olan ammattitaito mahdollisti sen, että häntä saattoi käyttää jatkossa esimiestehtävissä, ja Kaija oli tehnyt sen heti selväksi.

Odotellessaan sopivia työnhakijoita, Kaija oli suunnitellut museoon aivan uudenlaisen toimintamallin siivoustöiden suhteen. Lähtökohtana olisi tiimityöskentely siten, että muodostettaisiin kolme tiimiä, joissa kussakin vetäjänä toimisi kokenein työntekijä. Siivousalueet jaettaisiin siis kolmeen eri osaan ja kuukauden välein tiimit vaihtaisivat aluetta. Siten jokainen työntekijä olisi samanarvoinen sekä palkkauksessa että arvostuksessa.

Ehdotus oli jo saanut myönteisen vastaanoton ja Kurt- Ola olisi saamassa oman tiiminsä vetovastuun. Mistä Kurt-Ola saattoi olla hänelle vihainen?

Hän tunsi veneen nytkähtävän liikkeelle ja mietti, että olisi viimeinen hetki huutaa apua, mutta ei pitänyt sitä järkevänä. Ennen kuin hän saisi apua, jos niin ihmeellisesti sattuisi, että joku kuulee, mies olisi vaientanut hänet monta kertaa. Kurt-Ola oli selvästi ottanut sen huomioon repäistyään teipin hänen suultaan.

Keskittyessään tilanteeseen ja rauhoittuakseen, Kaija hengitti syvään ja muisti kuinka hän kerran tämän saman aluksen kannella oli ollut Super-Kaija. Hän oli päihittänyt lähes voittamattoman amatsonin, joka oli sulkenut lapset juuri tähän samaan kajuuttaan ja tälle samalle sängylle. Kaijan usko omaan neuvokkuuteensa oli tallella ja hän päätti odottaa rauhallisesti, mitä miehellä oli sanottavaa.

Kurt oli hämmentynyt. Kaija Kurttusen ja perheen käytös oli outoa. He jatkoivat elämäänsä hänen rahojensa kanssa ikään kuin ei mitään olisi tapahtunut. Kaija itse vaikutti naiselta, jonka kuvittelisi ilman muuta kiikuttavan rahakassin suoraan poliisille. Mutta ei! Akka oli kaikessa rauhassa tyhjentänyt kassin ja antanut sen likkansa käyttöön. Tiesiköhän tyttö, mitä kassissa oli ollut?

Kylmä hiki nousi Kurtin otsalle. Hän muisti illan uutisen ja tajusi kuinka paljon hänen oli vielä hoidettava asioita. Piti toimia nopeasti! Aikaa ei ollut hukattavissa. Heti, kun hän saa naisen saareen on palattava kiireesti kaupunkiin ja mentävä varmistamaan sairaalaan, ettei Alfons ala olla laulukunnossa. Kaikeksi onneksi saari häämötti jo lähellä. Kurt laittoi kätensä taskuun varmistaakseen, että avain oli tallella.

&

Kun Kurt muutama päivä sitten kuljeskeli satamassa hän kohtasi iloisen miesporukan, joka oli juuri palannut mereltä suuri kalansaalis mukanaan. Eräs miehistä oli ensin juovuspäissään haastanut riitaa Kurtin kanssa hänen jäätyä katselemaan heidän touhujaan. Toiset seurueen jäsenet saivat hänet rauhoittumaan ja halusivat tarjota Kurtille sovinto-oluet Sätkivässä Siiassa. Siellä miehet kertoivat muutaman päivän riemulomastaan merellä lähisaaren mökissä, jossa olivat nauttineet kalastuksesta ja yhdessäolosta. Illan mittaan Kurt sai selville saaren sijainnin ja sen, että sen länsirannalla sijaitsi miesten työnantajan omistama lomamökki.

Kotiin lähtiessä tilattiin yhteinen taksi, jossa miehet esittelivät Kurtille kuin aarteina kahta avainta, joilla pääsi saarimökkiin. Kurtin jäätyä viimeisenä autoon hän huomasi toisen avaimista pudonneen vierelleen penkille ja poimi sen talteen. Silloin hän ei voinut aavistaakaan, kuinka pian sillä oli käyttöä. Mökki oli hyvin varustettu. Jääkaappi oli täynnä ruokatarvikkeita ja juomia.

Vapautettuaan Kaijan siteistä, Kurt kehotti häntä nauttimaan talon vieraanvaraisuudesta sillä aikaa, kun hän itse kävisi kaupungissa hoitamassa asioita.

Tajuamatta vieläkään mistä oli kysymys, Kaija yritti vakuuttaa, että vain hän itse voisi maksaa miehen vaatimat lunnaat, jos siitä oli kysymys. Hänen ja Maran tililtä pystyi erikseen nostamaan kerralla vain tuhat euroa. Jos halusi nostaa enemmän, tarvittiin molempien allekirjoitukset.

"Missä välissä sinä sen tilin jo ehdit avata?" kysyi Kurt ivallisesti.

"Silloin heti, kun saatiin ne. Kilpailutettiin pankkeja ja sitten tallennettiin. Osa kyllä sijoitettiin muualle, mutta kyllä siellä pankissa..."

"Älä yritä naruttaa minua! Minä tiedän, että ne rahat on sinulla kotona. Niin kuin sanottu, nyt minulla on kiire. Sinä varmaan ymmärrät, ettei kannata aloittaa täällä mitään vehkeilyjä. Ja muista, että minä löydän sinun likan ja muutkin sinun perheestä aika helposti!"

Sen sanottuaan Kurt poistui ja lukitsi oven ulkopuolelta.

&

Mara huomasi hämärän haittaavan maalaamista ja oli lopettelemassa, kun Säde huolestuneena ilmaantui hänen luokseen.

"Äiti lupasi olla viimeistään kahdeksalta kotona ja laittaa iltapalaa. Kello on jo melkein puoli yhdeksän. Jos sille on sattunut jotain?"

Mara hätkähti, sillä hän ei todellakaan ollut huomannut ajan kulua ja huolestui heti yrittäen peittää sen hädissään olevan tytön edessä.

"Siellä on kiva ilma. Äiti varmaan innostui tekemään pitemmän lenkin tai tavannut tuttuja. Minä tulen laittamaan sitä iltapalaa", hän sanoi rauhallisesti, vaikka sisimmässään oli valmis syöksymään ulos etsimään vaimoaan.

Hän meni keittämään kaurapuuroa ja annosteli sen lasten lautasille ja kutsui heidät syömään. Pojat olivat innoissaan ja Viuhka-Rani huudahti:

"Ihanaa! Kaurapuuroa pitkästä aikaa!"

Mara naurahti ja sopi lasten kanssa, että syötyään he oma-toimisesti kävisivät iltapesulla ja menisivät sitten nukku-maan. Hän sanoi itse menevänsä äitiä vastaan ja esitti toivo-muksen, että kaikki pojat olisivat sängyssä siinä vaiheessa, kun he äidin kanssa tulevat kotiin. Viime aikoina Kaija ja Mara olivat harvoin antaneet vastuuta pikkuveljistä Säteen huoleksi, mutta tällä kertaa tyttö itse tarjoutui huolehti-maan heistä.

Laitettuaan kengät jalkaansa, Mara lähti ulos ja kiirehti portille. Avatessaan sen, hän huomasi siihen kiinnitettynä kirjekuoren, jonka päällä luki: Herra Kurttunen. Vapisevin käsin hän tarttui kuoreen ja avasi sen.

*"Arvoisa herra Kurttunen*

*Mikäli haluatte nähdä vaimonne elossa, toimikaa käskyni mukaisesti:*

*Toimittakaa vihreän urheilukassin* **alkuperäinen** *sisältö osoitteeseen Munkkikuja 2 ja sen edessä olevan hiekoituslaatikon taakse tänä iltana tasan kello 22.00. Poistutte paikalta välittömästi ja palaatte kotiin. Huomatkaa, että sisällöstä ei saa puuttua mitään, vaan se toimitetaan kokonaisuudessaan. Toisin sanoen myös lelun tulee olla tallella. Kun olen noutanut laukun ennen mainitusta paikasta, otan yhteyttä kertoakseni, mistä voitte*

95

*hakea vaimonne. Huomioikaa myös, että jos poliisi sekoite-*
*taan asiaan, ette näe vaimoanne enää koskaan."*

Kello oli jo reilusti yli yhdeksän. Mara kiirehti takaisin sisälle ja kertoi lapsille tarvitsevansa vain yhden jutun. Hän meni Kaijan työhuoneeseen ja otti tuolilta vihreän kassin. Hän vilkaisi sisältöä: kuusi mappia ja pari lelupakkausta. Mara alkoi epäillä jonkun pelleilevän hänen kanssaan. Mihin joku uskoi tarvitsevansa Kaijan työmappeja ja pari leluautoa? Lukuunottamatta sitä tosiasiaa, että Kaija todella oli kadonnut teille tietymättömille, kaikki muu vaikutti tyhmältä vitsiltä. Hänen oli siis paras toimia kirjeen ohjeiden mukaisesti, niin idiottimaiselta kuin se tuntuikin. Hän palasi ulos, istui autoon ja lähti ajamaan.

Munkkikujalla oli hiljaista kuten aina. Mara oli vähän etuajassa, mutta istui autossa silmäillen ympärilleen miettien, oliko Kaija jossain lähitalossa panttivankina kassin sisällön vuoksi. Kirjeessä mainittu hiekoituslaatikko nökötti mykkänä paikallaan eikä ollut avuksi Maran yrittäessä saada järkeä tähän kaikkeen. Ketään ei näkynyt lähistöllä. Kun auton kello näytti tasan kymmentä, Mara lähti ulos ja vei kassin sisältöineen laatikon taakse.

Hänen kätensä vapisivat, kun hän ajoi pois kujalta tarkkaillen näkyisikö siellä ketään. Hänestä alkoi illan pimeydessä tuntua, että oli tosi kysymyksessä. Hänellä oli paha aavistus siitä, että jotain pelottavaa tapahtuisi juuri nyt, kun koko perhe oli lopultakin päässyt irti menneistä painajaisista.

Kurt kuuli auton poistuvan kujalta ja nosti varovasti päätään, juuri kun se katosi risteyksestä. Mies ei ollut kiinnittänyt huomiota hänen autoonsa, vaikka olikin luonut hätäisiä katseita ympärilleen. Kurt oli pannut sen merkille kurkatessaan varovasti autonsa takapenkiltä tapahtumien kulkua.

Toivottavasti mies uskoi, ettei kannattanut sekoittaa poliisia asiaan. Kurt kävi hakemassa kassin ja vilkaisematta sen sisältöä heitti sen takaluukkuun ja suuntasi Volvon kohti kaupunginsairaalaa.

"Äijä on nähnyt oikein vaivaa, kun hommasi samanlaisen kassinkin, missä rahat alkujaan olivat", naurahti Kurt tyytyväisenä.

&

Yövuoron juuri aloittanut vastaanottoapulainen soi rauhoittavan hymyn edessään hätäisenä seisovalle miehelle avatessaan tiskin lasiluukkua.

"Iltaa! Minä olen Elof Härmä ja näin tv-uutisissa kuvan veljestäni, joka on tuotu tänne pahoin loukkaantuneena. Minun on pakko nähdä hänet!"

"Mikä olikaan potilaan nimi?" kysyi nainen hymyn ollessa edelleen liimaantuneena hänen huulilleen.

"Alfons. Siis Alfons Härmä."

Nainen kääntyi edelleen hymyillen tietokoneen suuntaan ja ilmoitti kohta vakavoituneena, ettei sen nimistä potilasta löydy sairaalasta.

"Niin uutisissa sanottiinkin, ettei hänellä ole papereita eikä häntä oltu tunnistettu. Minä tiesin kuitenkin heti, että se on Alfons. Ne vaatteet ja se sandaali on meidän Affen."

"Ahaa! Hetkinen. Teho-osastolla todellakin näyttää olevan potilas, jonka nimi ei ole tiedossa. Mutta valitettavasti sinne ei päästetä vierailijoita."

Mutta, minun täytyy saada tietää, toipuuko hän. Eikö minun sitäpaitsi pitäisi tunnistaa hänet? Kai sairaalakin haluaa varmistua siitä, kuka hän on? Affella on sentään elintestamentti ja kaikki!" lateli Kurt.

"Voitteko istua hetkeksi odottamaan, niin otan yhteyttä teho-osastolle?"

Kurt jäi odottelemaan, mutta ei mennyt istumaan, vaan käveli odotushuoneessa edestakaisin miettien keinoa, jolla vaientaisi Alfonsin ikiajoiksi. Tavalla tai toisella hänen oli päästävä teho-osastolle. Hän muisti aseen, joka vihdoinkin oli taas hänen hallussaan ja mietti viimeisenä keinonaan käyttävänsä sitä päästäkseen Alfonsin luo. Hän toivoi, että olisi ottanut sen heti mukaansa, sillä juuri nyt hän kaipasi voiman tunnetta, jonka sai, kun tunsi sen kädessään.

Vastaanottotiskin luona apulainen toisti jo viidennen kerran:

"Herra Härmä... Elof Härmä..."

Lopulta Kurt tajusi reagoida siihen ja asteli juoksujalkaa tiskille.

"Tohtori Lukkomäki on hyvin ilahtunut potilaan henkilöllisyyden selviämisestä. Veljenne on edelleen tajuton, eikä hänen toipumisestaan valitettavasti ole suuriakaan toiveita", hän sanoi osaaottavasti.

Kurt kysyi huulet väristen:

"Voinko käydä katsomassa häntä?"

"Valitettavasti se ei ole mahdollista, mutta tohtori Lukkomäki tapaisi teidät mielellään voidakseen keskustella siitä mainitsemastanne elintestamentista. Sattuuko teillä olemaan se mukana?"

"Se jäi salkkuuni autoon."

"Voisitteko ystävällisesti hakea sen. Lukkomäki on hetken päästä tulossa alakertaan. Hän kutsui myös komisario Laitapuolen paikalle voidakseen kertoa hänelle henkilöllisyyden selviämisestä. Tekin saatte samalla mahdollisuuden kuulla tutkimusten tuloksista."

Kurt nyökkäsi ja poistui. Hän istahti autoonsa, starttasi ja lähti renkaat ulvoen sairaalan parkkipaikalta. Hetken päästä hän soitti numerotiedusteluun ja pyysi yhdistämään sairaalan ensiapuun. Vastaanottoapulainen vastasi ja Kurt tunsi äänen.

"Minä täällä... Elof Härmä... minä... en voinut tuoda sitä paperia... tuntui niin pahalta... Olen pahoillani, mutta tulen huomenna uudelleen......", hän sanoi ja sulki puhelimen.

"Herra Härmä.....voinko...?" nainen aloitti ja huomasi linjan sulkeutuneen.

Soittajan numeroa ei näytetty, joten hän ei voinut soittaa takaisin pitääkseen miestä ajan tasalla veljensä toipumisen suhteen.

Tohtori Edvard Lukkomäki astui juuri odotushuoneeseen sykähdyttävän komeana, kuten aina.

"Hei Vanessa, missä potilaan veli on?" hän kysyi hiusrajaan asti punastuneelta naiselta.

"Soitti juuri. Alun alkaen lähti hakemaan hoitotestamenttia autosta, mutta romahti eikä tullut takaisin. Lupasi tulla huomenna uudelleen. Reppana!" totesi Vanessa Vilkuna myötätuntoisesti.

"Sepä harmillista! Laitapuolikin on sitten ihan turhaan tulossa. Jään nyt joka tapauksessa odottelemaan häntä. Täällä ei näytä olevan ruuhkaa. Mitä jos mentäisiin takahuoneeseen kahville?" kysyi Edvard.

"Hyvä ehdotus! Nähdään kyllä valvontamonitoreista, kun komisario tulee tai jos ilmaantuu muita tulijoita", totesi Vanessa ja tunsi saavansa hiukan itseluottamustaan takaisin, vaikka polvet vielä löivätkin loukkua Edvardin tumman katseen kohtaamisesta.

&

Kaija seisoi keskellä huonetta katsellen ympärilleen. Hän kävi kaiken varalta varmistamassa saisiko oven auki. Aivan kuten hän oli jo tiennyt oven sai auki vain avaimella, joka oli nyt ovessa, mutta ulkopuolella. Ovessa ei ollut ikkunaa, jonka voisi rikkoa.

Seuraavaksi hän tarkisti ikkunat ja huomasi, ettei niitä voinut avata. Ikkunoissa oli kaiken lisäksi metalliruudukot ulkopuolella. Niiden tarkoitus tietenkin oli vaikeuttaa sisään murtautuvia, mutta se ei muuttanut tilannetta Kaijan kohdalla.

Hän istahti hetkeksi miettimään, sillä hän ei käsittänyt alkuunkaan miksi oli joutunut tähän tilanteeseen. Kauhea ajatus siitä, että Vera Korovskaja, jonka hän oli pari vuotta aikaisemmin kohdannut ja jonka vangitsemisessa hän oli ollut avaintekijä, janosi kostoa. Jospa tämä Kurt-Ola oli hänen välikappaleensa!? Veran, joka istui elinkautista tuomiotaan venäläisessä vankilassa. Ajatuksessa tuntui olevan järkeä, sillä mieshän tiesi palkkiorahoistakin, jotka hän oli saanut. Tosin lehdet olivat kirjoittaneet siitä niin laveasti, että kuka tahansa, joka vähääkään olisi kiinnostunut tiesi siitä.

Kurt-Ola kertoi tulleensa Tukholmasta ja korostus hänen puheessaan olikin selkeästi ennemmin ruotsalainen kuin venäläinen.

"No niin, Super-Kaija, nyt pannaan tärkeimmät asiat etusijalle. Minä haluan kotiin!" hän sanoi ääneen itselleen.

Hän tiesi, ettei ollut kaukana kotoa, koska matka ei ollut kestänyt kuin korkeintaan puoli tuntia. Kurt-Ola oli kyllä pitänyt kovaa vauhtia, mutta siitä huolimatta saari oli suhteellisen lähellä kaupunkia.

Ovien ja ikkunoiden murtaminen tuntui mahdottomalta ja olisi epäviisastakin siinä tapauksessa, että hän joutuisi viettämään yönsä mökissä, sillä yöt olivat kylmiä. Hän tutki mökin läpikotaisin ja huomasi, että siellä ei ollut mitään muuta uloskäyntiä. Lautalattia oli yhtenäinen, eikä siinä ollut kellariluukkua. Lopulta hän huomasi katossa luukun, josta ilmeisesti pääsi vintille. Hän siirsi pöydän luukun alapuolelle ja nousi sille seisomaan, mutta ei ylettynyt luukulle. Hän hyppäsi alas ja nosti tuolin pöydälle arvellen sen avulla ylettyvänsä.

Pieni kahva auttoi häntä vetämään luukun sivuun. Kaija koki pettymyksen huomatessaan, että toiveet siitä, että luukussa olisi tikkaat, joiden avulla pääsisi kiipeämään vintille olivat olleet turhia. Hän tiesi, että hänen käsivoimansa eivät aivan riittäisi nostamaan häntä ylös. Ratkaisu oli siis vain toinen tuoli edellisen päälle.

Hutera torni vaappui uhkaavasti hänen noustessaan sille, mutta nyt hän sai jo hyvän otteen luukun sivuista ja sai vedettyä kyynärpäänsäkin sisäpuolelle. Kaija oli pettynyt kuntoonsa, jota oli luullut hyväksi, sillä hyvistä lähtökohdista huolimatta oli työn ja tuskan takana, että hän onnistui vetämään itsensä vähän kerrallaan ylöspäin. Hiki virtasi hänen ollessa läkähtyä omasta painostaan.

Kun hän lopulta oli vyötäröä myöten vintin puolella, hän kuuli kuinka tuolirakennelma romahti ja tiesi, että paluuta ei ollut.

"Super-Kaija! Nyt pinnistetään!" hän karjaisi itselleen ja veti itsensä vinttiin.

Hän jäi makaamaan lattialle ja katseli pimeyttä ympäril-
lään.

"Jos täällä ei ole ikkunaa, kaikki oli turhaa!" hän huokaisi

Kaija huomasi hätiköineensä.

"Vähän jos olisi ollut järjen hiven mukana, olisin ehkä
löytänyt jostain taskulampun ennen kiipeämistä. Nyt se on
myöhäistä!" hän moitti itseään.

Kun silmät olivat mukautuneet pimeyteen Kaija huomasi
ilokseen, että seinässä oli sittenkin ikkuna. Ulkona oli ilta
hämärtynyt, joten sieltä ei voinut tulla valoa sisään. Hän
lähti konttaamaan kohti ikkunaa ja huomasi ilokseen, että se
avautui helpolla.

Häntä kauhistutti nähdä kuinka korkealla oli, sillä niin
onnekas hän ei ollut, että seinällä olisi ollut paloportaat.
Rodorendopensas alapuolella saattaisi pehmittää laskua hän
tuumi ja alkoi laskeutua luukusta jalat edellä niin että lopul-
ta oli jo melko lähellä pensasta roikkuessaan käsiensä va-
rassa. Sitten hän hengitti syvään ja irrotti otteensa.

Laskeutuminen oli niin täydellinen, että Kaijaa melkein
harmitti, ettei kukaan ollut sitä näkemässä. Pensas oli paitsi
suojellut häntä, suorastaan sitonut hänet otteeseensa, niin
että meni tovi, ennen kuin hän lopulta istui nurmikolla sen
edessä katsellen ylös hengästyneenä. Hän hämmästyi kuin-
ka korkealla oli ollut.

Illan hämärä oli rauhoittanut meren ja oli aivan hiljaista.
Muutama lokki kierteli saaren ympärillä syöksyen silloin

tällöin nappaamaan jonkun onnettoman kalan, joka oli uskaltautunut pinnan tuntumaan. Aavistus auringosta kultasi vielä veden kaukana lännessä ja Kaija tunsi rauhan, jonka näkymä toi tullessaan. Kotona hän usein keskeytti kotityönsä vain tämän näyn nähdäkseen.

Niin juuri! Kaija huomasi katselevansa juuri samaa näkymää, jota pystyi ihailemaan myös kotinsa terassilla tai parvekkeella.

Hän nousi Super-Kaija-tempun jäljiltä tutisiville jaloilleen ja päätti tutkia saaren läpikotaisin ja suunnisti saaren toiselle puolelle nähdäkseen kuinka kaukana oli mantereelta. Hän kaivoi taskustaan nenäliinan ja pyyhki kasvoiltaan hien ja huomasi, että pensas oli myös tehnyt pieniä vertavuotavia haavoja kasvoihin ja käsiin. Parin päivän päästä hän tiesi tuntevansa vaikutukset muuallakin kehossaan.

Noustuaan läheiselle mäelle, Kaija huomasi, ettei saari ollut paljoakaan suurempi kuin Pötskär, jossa hän oli polttanut majakan, joskin huomattavasti rehevämpi kasvillisuudeltaan. Alkoi olla jo pimeää ja liikkuminen kallioisella luodolla oli vaikeaa. Kaija muisti, että hänen avaimenperässään oli led-valo, jolle hän ei ollut koskaan aikaisemmin löytänyt käyttötarkoitusta. Hän alkoi kaivella takin taskuja. Tutkittuaan kaikki taskunsa hän huomasi avaimiensa kadonneen. Hän juoksi paikalle, johon oli hypännyt varmana siitä, että ne olivat pudonneet hänen taskustaan. Nipussa oli kotiavaimen lisäksi museon avainkortti ja olisi kohtalokasta, jos se joutuisi vieraisiin käsiin ja kaikki koodit jouduttaisiin muuttamaan. Oli jo niin pimeää, että kohta olisi mahdotonta nähdä nenäänsä pidemmälle.

Muutaman metrin päässä nujakoi kaksi harakkaa keskenään. Kaija erotti juuri ja juuri, että toisella oli nokassaan hänen avaimensa ja toinen yritti ottaa ne itselleen.

"HEI!" huusi Kaija täysillä, mutta linnut vain vilkaisivat ylimielisesti häntä ja jatkoivat yhteenottoa.

Kaija juoksi huutaen niitä kohti ja sai onnekseen saalistajan pudottamaan avaimet suoraan hänen jalkoihinsa. Mikä helpotus! Jos kaiken tämän jälkeen vielä valo toimii, niin hänellä olisi todella onni myötä.

Kapea valokiila valaisi maisemaa saaden ympäristön näyttämään pimeämmältä, mutta Kaija totesi siitä olevan apua. Hän sammutti valon säästääkseen sitä ja lähti kiertämään mökkiä tarkistaakseen pääsisikö takaisin sisälle vai oliko Kurt-Ola sittenkin ottanut avaimen mukaansa. Jos häntä ei havaittaisi mantereelta nyt illalla, jäi ainoaksi vaihtoehdoksi yöpyä mökissä.

Avain oli ovessa! Se merkitsi myös sitä, että hän saisi lukittua oven sisäpuolelta ja olisi turvassa, jos mies palaisi vahingoittamaan häntä.

&

Hetken kuluttua hän oli palannut saaren toiselle puolella ja yritti selvittää, mikä vastarannalla olevista taloista olisi hänen kotinsa. Se oli yllättävän vaikeaa, etenkin pimeässä. Lopulta seuraten katuvalaistusta, hän tunnisti talon ja ikkunoista loistavat valot saivat hänet haikealle mielelle. Joka ainoa ikkuna oli valaistu! Hän ymmärsi sen olevan viesti Maralta siltä varalta, että hän olisi näköetäisyydellä.

Kaija toivoi vain, että lapset olivat jo nukkumassa, jotta heidän ei tarvitsisi murehtia. Se merkitsisi heille suurta takapakkia, sillä he olivat vieläkin käyneet kuukausittain terapiassa aiemmin kokemiensa asioiden vuoksi, vaikka kaikki tuntui jo olevan hyvin.

Hän oli nyt varma siitä, että valaistu talo oli heidän ja alkoi hyppiä ja heiluttaa käsiään tietäen, että olisi mahdottomuus, että joku huomaisi hänet pienestä valosta huolimatta. Vahva tunne siitä, että perhe oli kuitenkin noin lähellä, sai hänet hymyilemään ja kyyneleet silmissään hän lähetti lentosuukkoja kohti valaistuja ikkunoita.

"Mara näkisi, jos sytyttäisin mökin tuleen!" ajatteli Kaija muistaen parin vuoden takaiset lehtikirjoitukset:

*Kulttuurihistoriallisesti arvokkaan majakan palo oli tuhopoltto.*

Oikeudenkäynti oli vapauttanut Kaijan vastuusta ottaen huomioon olosuhteet, joissa tihutyö oli tehty.

Mökki ei taatusti ollut kulttuurihistoriallisesti arvokas, mutta yhtä kaikki, jonkun omaisuutta. Kaija päätti, että nyt tarvittiin malttia ja luottamus siihen, että Mara tekisi kaikkensa, antoi hänelle voimaa.

Astuessaan mökkiin koleasta ja pimeästä illasta, Kaija lukitsi oven sisäpuolelta ja huomasi olevansa nälkäinen. Hän keitti kahvia ja valmisti illallisen jääkaapin antimista.

Pimeys ulkona sai hänet näkemään ikkunoista vain oman pelokkaan hahmonsa, joten hän veti verhot eteen.

"Jos Mara vain tietäisi, ettei minulla ole mitään hätää, voisin kuvitella olevani lomalla", ajatteli Kaija tuntien sydämessään sen huolen, jota mies parhaillaan kantoi hänestä.

Istuessaan pöydän ääressä syömässä Kaija avasi television kanavalta, jossa parhaillaan oli meneillään Länsi-Suomen uutiset. Kuva siirtyi juuri uutisstudiosta sairaalaan ja kuvaan ilmestyi Aarno Laitapuolen tuttuakin tutumpi hahmo. Kaija lisäsi äänen voimakkuutta.

"Miten on, komisario Laitapuoli? Onko saatu minkäänlaista selvyyttä tämän näköalapaikan alapuolelta löytyneen miehen henkilöllisyydestä?" toimittaja Anni Unhola tiedusteli.

"Mitään varmaa kerrottavaa ei ole, mutta aiemmin tänään eräs mies ilmoittautui uhrin veljeksi. Hän katosi kuitenkin jäljettömiin ennen kuin asia voitiin vahvistaa."

Kuva siirtyi nuoreen vastaanottoapulaiseen, jonka vierellä seisoi komea lääkäri stetoskooppi kaulallaan.

"Neiti Vilkuna. Te keskustelitte miehen kanssa, joka kertoi olevansa uhrin veli. Mistä hän oli saanut tiedon veljestään täällä sairaalassa?"

"Hän oli nähnyt television uutislähetyksen, jossa kerrottiin hänen tuntomerkeistään."

"Kertoiko hän oman nimensä?"

"Kyllä, mutta sitä ei anneta tässä vaiheessa julkisuuteen."

"Entä te, tohtori Lukkomäki, tapasitteko te veljen?" kysyi haastattelija siirtäen ison karvaisen mikrofonin Edvardin kaunismuotoisen suun eteen.

"Neiti Vilkuna oli minuun yhteydessä ja kertoi hänen olevan täällä ja kertoneen veljensä hoitotahdosta, joka oli hänen hallussaan. Halusin kyllä tavata hänet heti ja kutsuin myös komisario Aarno Laitapuolen paikalle, koska arvelin miehellä olevan arvokasta tietoa poliisitutkimusten kannalta."

"Mies ehti kuitenkin lähteä, vai kuinka? Onko teillä aavistustakaan miksi?"

"Vanessa... siis neiti Vilkuna pyysi häntä hakemaan hoitotahdon, joka oli autossa ja hän lähti hakemaan sitä, mutta soitti vähän sen jälkeen murtuneena, että tulee myöhemmin uudelleen."

Unhola kääntyi kommentoimatta takaisin Laitapuolen suuntaan:

"Näköalapaikan tutkimuksissa on kuitenkin tehty läpimurto, eikö totta, ylikomisario Laitapuoli?"

"Kyllä vaan! Olemme nostaneet merestä auton, jolla uhri oli ajanut näköalapaikalta mereen. Sitä tutkitaan parhaillaan ja epäilemme vahvasti rikosta, mutta yksityiskohtia ei vielä anneta julkisuuteen."

Kaija katseli läheisen miehen tuttuja kasvoja löytääkseen viitteitä siitä, että Aarno tietäisi hänen olevan pulassa, mutta haastattelu loppui ja kuvayhteys siirrettiin uutisstudioon.

Syötyään hän huuhteli käyttämänsä astiat ja asettui sohvalle makaamaan. Nyt oli syytä pysähtyä ajattelemaan mitä tämän kaiken takana oli. Häntä vaivasi vieläkin mahdollinen yhteys Vera Korovskajan ja Kurt-Olan välillä. Kurt-Ola kylläkin halusi rahaa. Raha puolestaan ei merkinnyt enää Veralle mitään ja jos hän käyttäisi miestä kostonsa välineenä, hänet olisi surmattu saman tien, sillä sitä hän tiesi Veran janoavan. Tietenkin saattoi olla, että kiristämällä rahat Kaijalta, Kurt-Ola saisi palkkionsa ja toteuttaisi sen jälkeen Veran koston. Kauhu puristi Kaijan rintaa, sillä hän ei tiennyt, että hänen vainoojansa oli kuollut erään mustasukkaisen naisvangin toimesta useita kuukausia sitten.

&

Palattuaan Munkkikujalta Mara yritti soittaa useita kertoja Aarno Laitapuolelle, mutta puhelut menivät vastaajaan ja hän jätti soittopyynnön. Lopulta puhelin soi ja tuttu ääni sanoi:

"Hei Mara! Olet jättänyt soittopyyntöjä. Mitä kuuluu?"

"Ei hyvää. Kaija on siepattu taas, enkä tajua yhtään mistä on kysymys. Voisitko tulla tänne heti? Ihan tavallisena vieraana, sillä minua kiellettiin ottamasta yhteyttä poliisiin"

"Selvä juttu. Tulen omalla autolla ihan tuota pikaa", hän vastasi.

Toiveista huolimatta lapset olivat vielä hereillä ja ihmette-
livät, kun isä saapui yksin. Mara yritti säilyttää tasapainon
ja vastasi äidin menneen vielä museoon hoitamaan asioita.
Siihen Säde lisäsi napakasti:

"Ei siis mennyt tänään sen olemattoman ystävän luokse?"

Mara katsoi tyttöä varoittavasti ja komensi kaikki nukku-
maan.

Kun lapset olivat kaikki huoneissaan, Laitapuoli oli jo
portilla ja Maran avattua sen ajoi sisään. Mara meni häntä
ovelle vastaan. Heidän mennessään sisälle Säde juoksi
halaamaan Aarnoa, joka oli hänelle kuin isoisä. Tarkka-
silmäiseltä komisariolta ei jäänyt huomaamatta huoli, jonka
tyttö yritti salata. Mara komensi Säteen takaisin omaan
huoneeseen ja kutsui Laitapuolen katsomaan uutta maalaus-
taan yläkertaan.

Ensimmäiseksi Mara ojensi Aarnolle portissa olleen vies-
tin ja luettuaan sen huolellisesti hän kysyi:

"Mistä vihreästä kassista on kysymys?"

Mara kertoi saman päivän kassiostoksista ja siitä kuinka
oikeastaan olivat etsineet Kaijalle sinistä kassia, mutta
sellaista ei ollut. Tuntui käsittämättömältä, että sellainen
yksityiskohta oli sieppaajan tiedossa, kuten sekin, että Kaija
oli ostanut Laitapuolen pojanpojille lelut, jotka myös olivat
kassissa museon kansioiden lisäksi.

"Kansioissa voisi olettaa olevan jotain tulenarkaa, mutta
mitä ihmeellistä on leluautoissa?"

Mietteliäänä komisario tarkasteli paperia ja kysyi lopulta:

"Se Säteen kassi, mikä vietiin Kaijan siskon autosta, oliko sekin vihreä?"

"Oli se. Silloin kun se hankittiin, vihreä oli ainut oikea Säteen mielestä, yhtä lailla kuin nyt pinkki oli ainoa oikea."

Laitapuolen mielessä alkoi hahmottua jonkinlainen lähtökohta tapahtumille. Avainasia näyttäisi olevan vihreä kassi: Kurt Kurhilla matkalla Suomeen oli vihreä kassi, jota hän varjeli tiukasti. Säteellä vihreä luistinkassi ja nyt Kaijalla vihreä työkassi. Jos Kurhi oli kaiken takana, ainoa selitys saattoi olla, että hän oli tavalla tai toisella hukannut kassin ja oletti sen joutuneen Kaijan perheen käsiin.

Mara keskeytti Aarno Laitapuolen mietteet ilmaisten päällimmäisen huolensa:

"Entä jos Vera Korovskaja on taas karkuteillä ja etsinyt Kaijan käsiinsä kostaakseen tai lähettänyt jonkun muun tekemään sen puolestaan?"

"Onneksi se ei ole mahdollista, sillä Vera on kuollut. Hänet tapettiin vankilassa joitakin aikoja sitten. Saimme siitä virallisen tiedon."

Helpotus näkyi Maran kasvoista ja hän antoi Aarnon jatkaa rauhassa palapelinsä ratkaisemista. Palaset eivät kerta kaikkiaan vaan tuntuneet sopivan yhteen. Aarnosta tuntui, ettei jutussa ollut mitään järkeä.

"Kuule Mara! Onko teille lähipäivinä sattunut mitään poikkeuksellista?"

"Ei oikeastaan. Yhtenä iltana Ustinovit olivat päivällisellä ja silloin Kaijan sisko, jota hän ei ollut tavannut vuosiin, tuli hädissään, kun luuli jonkun seuraavan häntä autollaan. Minä vein omalla autollani Maijan kotiin, kun oli kahvit juotu. Sen vuoksi Kaija sitten vei sen Maijan auton aamulla kaupunkiin ja siitä sitten vietiin se Säteen kassi. Ja töissäkin Kaijalla asiat oli hyvällä mallilla. Oli juuri saanut palkattua pari uutta siivoojaa. Toinen on tosin Raija, Kaijan toinen sisko eikä Kaija ollut siitä kovin innoissaan. Raijalla on ollut aina vähän asenteen kanssa ongelmia siivoustyön suhteen. Hän on aina tehnyt selväksi, että halveksii sitä. Mutta kun hän nyt sitten halusi sitä, niin Kaija päätyi sellaiseen ratkaisuun, että otti hänet ja laittoi hänet tiimiin jota vetää toinen uusi työntekijä, mies, jolta löytyy pätevyyttä ihan riittävästi."

"Sanoitko mies? Tiedätkö hänen nimensä?"

"En nimestä tiedä. Siellä on kyllä jo aikaisemminkin ollut ainakin yksi ihan pätevä mies, joka ei vaan jostain syystä voinut jatkaa. Ymmärsin, että tämä uusi on ollut vastaavissa hommissa Tukholmassa ja sillä oli kai hyvät työtodistukset. Kaija oli tosi tyytyväinen."

Aarno päätti, että hänen oli aika lähteä voidakseen tehdä parhaansa Kaijan löytämiseksi. Mara saatteli hänet portille ja palasi alakuloisena ja huolissaan sisälle.

&

Säde odotteli häntä eteishallissa. Hän oli salaa kuunnellut keskustelua, vaikka tiesi sen olevan luvatonta. Hänellä oli herännyt ajatuksia, joita halusi isänsä kuuntelevan. Hän oli varma, että saisi isän huomaamaan niissä olevan järkeä.

"Iskä! Yks juttu... , kun Maija-täti silloin illalla tupsahti meille, eikö se ollut aika outoa? Se ei ole koskaan käynyt meillä ja äiti aina murehtii, kun ei näe siskojaan ja sitten ihan tosta vaan päättää tulla meille, kun joku auto ajoi perässä."

"Olin minäkin tosi yllättynyt, mutta toisaalta, jos hän kerran oli täällä päin liikkeellä ja pelkäsi, niin olihan se ihan ymmärrettävää... Kun olin viemässä häntä kotiin, luulin välillä, että hän pelkää minuakin. Perillä hän nappasi nopeasti urheilukassinsa ja kipitti kotiinsa sanomatta edes kunnolla hei!"

"Minä muistan kun ihmettelit, että sillä oli niin painava kassi."

"Se oli tosi painava. Kysyinkin, että onko hän alkanut keilaamaan, mutta hän ei vastannut siihen."

"Aarno-sedälle tuntui olevan tärkeää minkä värisiä kasseja meillä on. Miksiköhän? Minkä värinen se Maijan kassi oli?" kysyi Säde mietteliäänä.

"Nyt panit vaikean. Niin taiteilija kuin olevinaan olenkin, en juurikaan kiinnitä huomiota laukkujen väriin. Punainen tai keltainen se ei kyllä ollut, koska silloin luultavasti muistaisin. Vihreä... sininen... ehkä musta. En kyllä muista."

"Yritä nyt oikein kunnolla. Se minun luistelukassi oli vihreä, siis se joka vietiin Maijan autosta. Näyttikö Maijan kassi samanlaiselta?"

"En todellakaan ole varma. Kerro nyt mitä sinulla on mielessä!"

"No katso! Jos Maijaa oikeasti seurattiin. Se oli voinut olla keilaamassa tai punttisalilla tai missä lienee. Sitten joku tyyppi, jolla oli samanlainen kassi, oli kans siellä, mutta sen kassi oli vaikka pullollaan huumeita ja sitten Maija otti vahingossa sen ja jätti omansa sille tyypille. Kun se sitten hokaa, että hänellä on väärä kassi, jossa on Maijan treeni-kamppeet, se lähti Maijan perään voidakseen vaihtaa ne..."

"Taidat katsella liikaa elokuvia. Kyllä Aarno tietäisi siitä kassista tässä vaiheessa. Maija on sen verran siisti ihminen, että takuulla tyhjentää treenikassinsa pestäkseen vaatteet ja olisi huomannut, jos siellä olisi ollut huumeita. Hän olisi ihan varmasti ilmoittanut poliisille."

"Oletko varma? Ethän oikeasti tiedä Maija-tädistä mitään. Jos se vaikka on ittekin joku huumediileri ja siks melkein pelkäs sinuakin."

"Sen verran tiedän, että jos kysymys olisi Raijasta, jotain voisi epäillä, mutta ei Maijasta."

"Soittaisit kuitenkin Maijalle ja varmistaisit tietääkö se mitä kassissa on. Ja olisi reilua kertoa siitäkin, että sen sisko on kadonnut."

"Joo. Minä soitan."

Löydettyään kotinumeron hän soitti siihen:

"Numero ei ole käytössä. Olkaa hyvä, tarkistakaa numero."

Ei myöskään, sen paremmin Maijan kuin Anteronkaan, matkapuhelimeen saanut yhteyttä.

&

Täysin tietämättöminä siitä, että heitä yritettiin tavoittaa Maija ja Antero juhlistivat Anteron ylennystä risteilyaluksella, joka vähän aikaa sitten oli lähtenyt satamasta. Kotiuduttuaan luxushyttiinsä, he avasivat jääastiassa odottaneen kuohuviinipullon. Samalla he katsoivat pimenevässä illassa taakseen jäävää kaupunkia hytin suuresta ikkunasta. Heidän ohittaessaan pienen saaren, joka oli vain vähän sataman ulkopuolella, Antero osoitti sen länsirannalla olevaa kaunista taloa.

"Kulta, katso! Näetkö tuon talon tuolla saaressa?"

Maija nyökkäsi.

"Se on firman mökki! Nyt kun kuulun johtoportaaseen, minulla on siihen täysi käyttöoikeus. Siellä on ihana hiekkaranta ja mökkiä pidetään täysin varusteltuna ruoan ja juoman suhteen läpi vuoden. Mitäs tuumit tuollaisesta kesänviettopaikasta?"

"Oi! Näyttää tosi hienolta. Ketkä sitä meidän lisäksemme saavat käyttää?"

"Käytännössä vain Pöntiset, mutta joku kalastusporukka siellä myös käy pari kertaa vuodessa."

"Siellä on joku nytkin. Onko Pöntiset siellä nyt vai se kalaporukka?" ihmetteli Maija.

"Pöntiset on Lapissa ja ne kalastajapojat olivat siellä juuri, mutta olet oikeassa siellä on valot päällä. Pahus, jos ne jätkät ovat jättäneet valot päälle. Voi olla, että kun kerron Pöntiselle, pojat saa etsiä uuden kalamajan", tuhahti Antero omistajan ylpeydellä.

Illallisen jälkeen he katselivat tanssishown, joka kertoi nurinkurisesti Romeon ja Julian tarinan, jossa he elivät onnettomina avioeroonsa asti. Toteutus oli hauska ja he nauroivat niin, että kyyneleet virtasivat pitkin poskia. Esityksen jälkeen he nauttivat vielä yömyssyn ja palasivat hyttiin.

"Maija, oletko sinä onnellinen minun kanssani?" kysyi Antero heidän istuessaan katselemassa yksinäisiä saaria, jotka tummina hahmoina näkyivät hytin ikkunasta.

"Juuri tällä hetkellä olen onnellisempi kuin koskaan", Maija vastasi kääntäen katseensa kohti Anteroa.

Antero katsoi vielä ulos ikkunasta, kun hän kysyi:

"Oletko missään vaiheessa ajatellut minkälaista olisi, jos meillä olisi lapsi?"

"No, joskus se on tullut mieleen, mutta sitten olen yrittänyt olla ajattelematta, kun silloin joskus päätettiin..."

"Minulla on vauvakuume!" tokaisi Antero kääntyen katsomaan vaimoaan silmiin.

"Ai?! No, siinä tapauksessa, on minullakin välillä, mutta taitaa olla jo myöhäistä, kun olen jo näin vanha ja kaikki riskit on olemassa..."

"Et sinä ole vanha! Voidaan yrittää ja jos ei onnistu, niin voitaisiin vaikka adoptoida."

"Tämä oli kyllä tärkeä keskustelu juuri tänään. Unohdin nimittäin pillerit kotiin", Maija tirskahti.

Kun he menivät sänkyyn, Maija tunsi itsensä todella onnelliseksi Anteron kainalossa romanttisen musiikin soidessa hiljaa taustalla.

&

Kurt avasi takaluukun ja otti vihreän kassin käteensä. Hän oli pysäköinyt auton parin korttelin päähän hiljaisen kadun varteen, mutta päätti aamulla ensi töikseen ajaa sen takaisin aseman pysäköintialueelle. Siellä se ei olisi niin huomiota herättävä ruotsalaisten rekisterilaattojensa vuoksi.

Hän istahti sohvalle ja nosti kassin viereensä. Varovasti hän veti vetoketjua auki nähdäkseen lopulta rakkaat rahansa. Kun hän näki kansiot, paniikki iski häneen ja hän kaatoi koko laukun sisällön eteensä lattialle. Laukussa oli vain mappeja ja kaksi leluautopakkausta. Kurt laskeutui polvilleen kansioiden viereen ja siitä makaamaan sikiöasentoon ja ulisi kuin susi kuutamolla. Välillä hän tutki jälleen laukkua löytääkseen edes pistoolinsa, jota hän ei ollut milloinkaan kaivannut enemmän kuin juuri nyt. Sitä ei löytynyt ja hän jatkoi ulinaansa, kunnes naapuri hakkasi seinään ja sai tämän naapurimaan suosituimman poikamiehen palaamaan todellisuuteen.

Uskomatta vieläkään tilannetta todeksi Kurt alkoi selailla mappeja. Ensimmäisenä hän näki sivun, josta silmille hyppäsi nimi, jonka hän juuri oli ottanut käyttöönsä, Kurt-Ola Gustafsson:

*Uudet siivousohjelmat*

Alla oli selostus siitä kuinka hän yhdessä Raija Möttösen kanssa siivoaisi osan museon tiloista toimien tiiminvetäjänä ja kuinka toiset siivoojat hoitaisivat muut alueet samalla tavalla tiiminä.

Kun Kurt tunsi taas pystyvänsä ajattelemaan, hän tuli siihen tulokseen, että oli hätiköinyt Kaijan suhteen, koska ei ollut arvannut Kaijan miehen viis veisaavan siitä, että vaimo on siepattu. Uskomattoman uhkarohkeaa toimittaa hänelle tällaista roskaa. Uskalsi vielä pelleillä leluautoilla, kun hän oli maininnut pyssystä.

"Olisi sittenkin pitänyt odottaa, että saan sen akan puhumaan. Pahuksen Alfons, kun sai minut hätiköimään!"

Oli helpottavaa tietää, että Alfons ei todennäköisesti palaisi tajuihinsa enää koskaan, kuten hoitaja oli sanonut.

Kurt päätti mennä aamulla museoon töihin, jotta häntä ei yhdistettäisi Kaijan katoamiseen. Sitä paitsi hän arveli, että Raijastakin saisi ongittua jotain tietoja.

"Kaija elää saarielämää nyt sitten vähän pidempään, kun pääsen sinne uudelleen vasta töitten jälkeen. Toisaalta siinä vaiheessa varmaan totuuden onkiminen ei ole enää kovin vaikeaa", hän tuumi, kunnes tuli toisiin ajatuksiin:

"Se taitaa kyllä viivästyä ihan liian pitkään. Hmmm... Taidanpa pestata sopivasta summasta ne venäläiset kaverit sieltä pubista pikku venematkalle ja sen jälkeen lennättämään Kaijan muihin maisemiin. Nehän mainosti sitä vesitasoansa. Niin teenkin! Siinähän Mara Kurttunen vasta kokee elämänsä yllätyksen!"

&

Raijan aamu oli ankea. Levoton yö ja aikainen herätys saivat hänet jo katumaan päätöstään tarttua siivoustyöhön museossa. Ahdistavinta oli ajatella olevansa Kaijan alainen, vaikka ei sisko ollutkaan kohdellut häntä ylemmyydentuntoisesti, vaan luontevan ystävällisesti.

Kaikki ei tuntunut muutenkaan olevan aivan kohdallaan. Hän ei ollut tavannut Maijaa eikä saanut häneen edes puhelinyhteyttä sen jälkeen, kun oli tavannut hänet museon pysäköintipaikalta. Ikään kuin Maijalle ei olisi merkinnyt mitään se, että hänellä oli hallussaan kassillinen rahaa, sen rinnalla, että mies sai ylennyksen. Hän päätti jälleen soittaa Maijalle, vaikka piti todennäköisenä, että hän nukkuu vielä.

"Numeroon ei juuri nyt...", Raija sulki puhelimen.

Museon ovella Raija pyöritteli avainkorttia ihmetellen, miten sitä käytettiin. Kun hän laittoi sen laitteeseen alkoi vain punainen valo vilkkua, eikä ovi auennut.

"Eikös oikein onnistu? Annahan, kun minä kokeilen", sanoi miesääni hänen selkänsä takana.

Raija kääntyi ja näki Kurt-Olan hurmaavan hymyn.

"Huomenta! En ole koskaan käyttänyt tällaista korttia", Raija sanoi väistyen sivuun.

"Meillä Ruotsissa näitä on käytetty jo kauan", totesi mies ja astui lähemmäksi ovea oman korttinsa kanssa.

Välittömästi laitteen vihreä valo syttyi ja summeriääni soi merkiksi siitä, että ovi oli auki. Kurt-Ola avasi oven ja päästi kohteliaasti Raijan edellään sisälle. Raija lähti suunnistamaan kohti Kaijan työhuonetta, mutta Kurt-Ola pysäytti hänet sanoen:

"Odotas vähän, Raija! Se on sinun nimesi, eikö vaan? Minulla on pomolta toimintaohjeet. Voidaan mennä suoraan tuonne siivoojien tiloihin, niin kerron sinulle. Siellä on varmasti muitakin, jotka odottavat näitä ohjeita."

Raija kääntyi miehen suuntaan, joka oli seurannut häntä aivan lähellä ja he törmäsivät yhteen. Mies tarttui häneen lujasti estääkseen häntä kaatumasta. Raijan iho nousi kananlihalle hänen tuntiessa niin läheltä miedon partaveden tuoksun. Hämmentyneenä hän pyysi anteeksi vetäytyen kaemmaksi.

"Tarkoitatko, että Kaija on antanut sinulle jotain ohjeita?" Raija kysyi toivuttuaan hämmennyksestä.

"Jep. Meillä oli tapaaminen eilen ja sain tämän kansion. Hän ei ehdi tänään tulla itse tänne museolle ilmeisesti ollenkaan."

Raijan sisuksissa kuohui ja miehen parfyymin vaikutus oli tipotiessään. Kaija käytti näköjään todella tilannetta hyväksi ja nöyryytti häntä oikein kunnolla. Panna nyt toinen uusi työntekijä vastuuasemaan, vaikka hän on sentään sisar! Olisi hän voinut edes puhua siitä.

Siivoojat odottelivat, kuten Kurt oli sanonutkin. Hän esitteli itsensä ja avasi kansion näyttäen heille Kaijan suunnitelman kuin se olisi ollut hänen omansa. Tiimit lähtivät sen jälkeen omiin tehtäviinsä.

Sanoinkuvaamattoman kiusaantunut olo poltti Raijan sisällä ja hän päätti ensi tilassa soittaa Kaijalle ja sanoa suoraan, mitä ajatteli hänen osoittamastaan sisarusrakkaudesta.

&

Lopulta Kaija nukahti sohvalle ja nukkui sikeästi pari kolme tuntia. Herätessään häneltä vei tovin ennen kuin pystyi palaamaan todellisuuteen. Oli sysipimeää, kun hän veti verhot ikkunoiden edestä nähdäkseen ulos. Varmistuttuaan, ettei ikkunan takana näkynyt ketään, hän otti jääkaapista jugurttia ja mietti mitä tekisi seuraavaksi.

"Kun olen syönyt, kierrän saaren ympäri taskulampun kanssa. Jossain voi olla vaikka soutuvene rantaan vedettynä", hän totesi.

Hän oli aiemmalla kierroksellaan nähnyt kalastusvälineitä talon ympäristössä.

Syötyään hän otti laatikosta löytämänsä taskulampun, avasi ulko-oven ja astui ulos kirpeään yöilmaan.

&

Museossa Raija tyhjenteli roskakoreja, Kurt-Olan kulkiessa hänen perässään mopin kanssa. Vähentääkseen naisen turhautumista, Kurt oli selittänyt roskakorien tyhjentämisen olevan ehdottomasti tärkein tehtävä. Vessojen kohdalla Kurt käski Raijan siivota vessat sillä aikaa, kun hän itse kävisi hoitamassa näyttelytilan moppauksen. Mies häippäsi nopeasti ennen kuin Raija ehti sanoa mitään. Raija katui entistä enemmän, että oli ryhtynyt tähän työhön, astuessaan ensimmäiseen vessaan ja nähdessään ylipursuavat roskakorit ja lattian, joka oli täynnä paperiroskaa ja kaikkea muuta.

"Huh! Tapion on kyllä paras saada bisneksensä sujumaan. Tämä työ ei ole minun juttu! Eikä tästä ole mitään hyötyä, kun ei ole edes omaa siivouskoppia. Täytyy suunnitella jotain muuta", hän puuskutti ja alkoi siivota.

Adrenaliinin virratessa hän oli kuin huomaamatta saanut vessan loistavaan kuntoon. Lähtiessään hän vilkaisi aikaansaannostaan ja tunsi ylpeyttä. Lavuaarit ja vesihanat kiilsivät kilpaa puhtauttaan. Hänen oli pakko oikein jäädä ovensuuhun ihailemaan omaa jälkeään.

Kurt-Ola oli tullut kaikessa hiljaisuudessa hänen taakseen. Raija hätkähti, kun yhtäkkiä kuuli miehen sanovan:

"Hienoa työtä! Miten voit vielä tuoksua niin hyvältä kaiken rehkimisen jälkeen?"

Raija tunsi miehen hengityksen niskassaan ja punastui.

"Nyt voisin opettaa sinua moppaamaan!" Kurt-Ola sanoi.

"Luuletko tosiaan, etten ole koskaan mopannut?" vastasi Raija, hitunen itseluottamuksen puutetta äänessä, sillä hän tiesi punan pysyneen poskillaan.

"En luule, mutta tämä iso moppi on vähän erilainen ohjattava kuin pienet kotona", Kurt-Ola vastasi ja tarttui samantien Raijaa kädestä vetäen hänet eteensä.

Mies auttoi häntä tarttumaan mopinvarteen laittaen omat kätensä hänen ympärilleen. Sen jälkeen hän ohjaili Raijaa samalla, kun moppi liikkui heidän edessään. Miehen tuoksu sai Raijan tuntemaan itsensä kuumaksi. Hän työnsi miehen kauemmaksi ja sanoi jo selviävänsä itsekseen. Kurt-Ola nauroi pilkallisesti ja väitti, että olisi mielellään kyllä opettanut pitempäänkin. Raija jatkoi kasvot punaisina moppaamista. Saavutettuaan lopulta taas rytmin, jolla työ sujui kuin itsestään, hänen ajatuksensa siirtyivät jälleen rahakassiin.

"Maija on nyt kyllä niin Anteron ylennyksen lumoissa, että ei edes ajattele koko asiaa. Pahinta on, jos se kertoo Anterolle. Se olisi sitten hyvästit koko jutulle. Äijä kyllä raahaisi kassin saman tien poliisiasemalle", Raija mietti ja häntä puistatti.

Hän päätti, että heti, kun saisi yhteyden Maijaan hakisi kassin pois. Maija nielisi helposti selityksen, jos hän sanoisi vievänsä sen yksin poliisille niin ettei siskoa tarvitsisi ollenkaan sekoittaa asiaan, nyt kun hänen miehensä oli niin tärkeässä asemassa.

"Mutta mihin minä ne rahat jemmaan? Meillä ei ole oikein mitään piiloja."

&

Tohtori Edvard Lukkomäki avasi hengästyneenä teho-osaston oven, pesi kätensä perusteellisesti ja kiirehti Alfons Härmän vuodetta kohti.

Hän oli saanut tietää potilaan tulleen tajuihinsa. Hoitajan mukaan mies oli puhunut muutaman sanan ennen kuin nukahti rauhalliseen uneen. Lukkomäki tutki potilaan ja totesi tyytyväisenä, että hän saattaisi vielä toipua täysin. Nyt tarvittiin vain kunnon lepoa ja kivun lievitystä. Vaikka oli luvannut komisariolle ilmoittaa välittömästi, jos potilas tuli tajuihinsa, hän päätti, että olisi toistaiseksi parempi pitää poliisit loitolla Alfonsista ja odottaa, että pahimmat kivut hellittäisivät. Mies olisi vielä jonkin aikaa vahvassa lääkityksessä. Teho-osaston hoitajalle annettiin ehdoton kielto päästää ketään potilaan lähelle ilman Lukkomäen lupaa.

"No, Tohtori Lukkomäki varmasti tietää, ettei tänne milloinkaan päästetä ketään ilman lupaa, joten voitte olla aivan rauhassa!" sanoi hoitaja tuntiessaan saaneensa kolhun ammattiylpeydelleen.

Edvard ihmetteli itsekin, miksi oli painottanut itsestään selvää asiaa ja pyysi anteeksi ajattelemattomuuttaan.

Kun Alfonsin veljeksi ilmoittautunut mies ei ollut palannut takaisin, oli hälytyskello kilissyt hänen mielessään, sillä Laitapuoli piti tapausta melko varmana murhayrityksenä. Edvard oli vähitellen tullut samaan tulokseen ja uskoi veljeksi ilmoittautuneen sekaantuneen asiaan. Ihminen, joka oli testamentannut elimensä ei tekisi itsemurhaa. Ei ainakaan tavalla, joka todennäköisesti tuhoaisi sisäelimiä sen lisäksi, että uhri tuskin edes löydettäisiin ajoissa. Eikä toisaalta kukaan voi ajaa vahingossa alas näköalapaikalta. Laitapuoli oli oikeassa. Alfons Härmä on murhayrityksen uhri ja edelleen hengenvaarassa murhaajan epäonnistuttua.

&

Ladan tutkiminen oli tuottanut vakuuttavia tuloksia. Sen takakontti oli voimakkaan peräänajon seurauksena siirtynyt osittain takapenkkien päälle. Oli lisättävä resursseja asian tutkimiseen. Ensimmäiseksi Laitapuoli lähetti kaksi poliisia valvomaan sairaalan teho-osastoa, sillä murhaajan tiedossa oli miehen selviäminen hengissä. Sitähän oli toitotettu uutisissa hyvin avomielisesti. Laitapuoli oli harmissaan, ettei tullut välittömästi ajatelleeksi murhayritystä. Siinä tapauksessa hän ei todellakaan olisi ilmoittanut medialle uhrista.

Osa miehistä lähti kiertämään autokorjaamoja löytääkseen perään ajaneen auton. Kaikkia poliiseja käskettiin myös pitämään silmänsä auki havaitakseen kolhiintuneen auton joko liikenteessä tai pysäköityneenä.

Ainoa asia, joka tällä hetkellä tuntui uhrin osalta selvältä, oli se, että hänen nimensä oli Alfons Härmä, kuten "veli" oli sanonut. Ilmeisesti hän oli entinen linja- autokuski, joka nykyisin oli sairaseläkkeellä. Mies oli Roiskuvan Ravan darts-joukkueessa, mutta kukaan siellä ei ollut nähnyt häntä vähään aikaan eikä kenelläkään ollut aavistustakaan siitä, missä hän nyt oli.

&

Laitapuolen sihteeri Taimi Sihti oli uurastanut tuntikausia selvittäen miehen henkilöllisyyttä. Näytti siltä, ettei Alfons Härmällä ollut yhtään elossa olevaa sukulaista, lukuun-ottamatta vanhaa tätiä, Karin Långmania, jota käytiin tapaa-massa Samovaari-kodissa, jossa hän vietti elämänsä ehtoo-päiviä. Vanhus oli ihmeissään kuullessaan Alfonsista, jonka olemassaolosta hänellä ei ollut aavistustakaan ennen tätä.

Miehensä Raoul Långmanin kuoltua Karin oli tullut huo-maamaan kuinka mitkään rikkaudet eivät voi täyttää sitä tyhjyyttä, jonka kokee huomatessaan olevansa sukunsa vii-meinen elossa oleva eikä ollut edes ketään, joka olisi voinut periä rikkaudet.

Hän oli myynyt kaupungin laidalla olevat tiluksensa ja kartanonsa eräälle rakennusfirmalle, joka teki paikasta golfklubin. Maa-alueet sopivat erinomaisesti golkentäksi, sillä maisema oli vaihteleva ja kaunis. Lisäksi meren lähei-syys toi virkistystä pelaajille helteisinäkin päivinä. Päära-kennuksen alakerrassa olivat suuret klubitilat ravintoloineen

ja viihtyisine terasseineen. Muista kerroksista löytyi ylelli-
siä majoitustiloja golfmatkailijoille. Lisää yöpymismahdol-
lisuuksia löytyi myös kartanon lukuisista ulkorakennuksis-
ta.

Karin Långman sai kutsun kunniavieraaksi avajaisiin ja
hän tuskin tunnisti entistä kotiaan, mutta huomasi, että sen
alkuperää oli kunnioitettu. Tyytyväisenä hän pani myös
merkille, että hänen toiveensa siitä, että henkilökunta, joka
oli palvellut häntä uskollisesti oli edelleen kartanossa töissä
ja heidän elämänsä oli turvattu.

Karin ei ollut milloinkaan pitänyt golfmailaa kädessään,
mutta hänelle myönnettiin siitä huolimatta golfklubin elin-
ikäinen kunniajäsenyys.

Samovaarikoti oli yksityinen hoitolaitos, johon Karin oli
kotiutunut erinomaisesti. Korkeatasoinen ja kaikenkattava
hoito ja mielekkäät harrastus- ja ulkoilumahdollisuudet loi-
vat viihtyisyyttä, joka korvasi sen avaruuden, mitä hän oli
ennen kokenut. Mielessään hän oli päättänyt testamentata
osan omaisuudesta Samovaarikodin säätiölle.

Hänellä oli ollut hyvä elämä vähemmän lupaavista lähtö-
kohdista huolimatta. Pieni mökki, äiti ja kolme sisarusta
olivat hänen alkutaipaleensa kiintopisteet. Mökissä oli vain
tupa ja yksi makuukammari. Karinilla ja hänen sisaruksil-
laan oli kaikilla eri isät.

Karin sai kiittää kauniista piirteistään omaa isäänsä, joka
oli saksalaissotilas. Mies sai osakseen Karinin äidin osoitta-
maa kaikenkattavaa vieraanvaraisuutta noin yhdeksän kuu-

kautta ennen hänen syntymäänsä ja oli sittemmin poistunut luultavasti perheensä luo omaan maahansa.

Kuusitoistavuotiaasta asti Karin joutui häätämään nuoria miehiä, jotka hakivat hänen seuraansa, sillä hän oli päättänyt luoda aivan erilaisen elämän itselleen kuin mitä hänen lähtökohtansa edellyttivät. Hän onnistui hankkimaan työpaikan lapsenkaitsijana eräässä perheessä. Vapaa-ajan hän käytti lukemiseen, jonka mahdollisti isäntäperheen valtava kirjasto. Hän oli saanut sen vapaasti käyttöönsä, kun hänen oppimishalunsa pantiin merkille. Lyhyessä ajassa hän hankki itselleen kohtalaisen yleissivistyksen.

Hänen elämänsä käännekohdaksi muuttui juhannus sinä vuonna jolloin hän täytti yhdeksäntoista vuotta. Talossa järjestettiin suuret juhlat. Lapset lähetettiin isovanhempien hoiviin ja Karinia pyydettiin toimimaan juhlissa tarjoilijana. Hän oli ilahtunut mahdollisuudesta päästä näkemään seurapiirien ilonpitoa ja suostui siihen ilomielin.

Yksi kunniavieraista oli vapaaherra Sixten Långman, joka tuli juhliin poikansa Raoulin kanssa. Raoul oli heti pannut merkille kaunottaren, joka kauniisti hymyillen kantoi tarjotinta vieraiden keskellä. Lähestyessään tyttöä Raoul oli ehtinyt saada osakseen vain kauniin hymyn, kun tarjotin jo oli liikkeellä kohti seuraavaa ihmisryhmää.

Illan hämärtyessä Karin lopulta vapautui työstään ja käveli väsyneenä istumaan kalliolle meren rannalla, ja Raoul tajusi hetkensä koittaneen. Siitä hetkestä muodostui pitkä, onnellinen avioliitto Hellborgin kartanossa, kunnes Raoul viisi vuotta sitten kuoli nukkuessaan rauhallisesti Karinin vierellä.

Avioliiton ainoa surun aihe oli lapsettomuus, sillä he olisivat halunneet jakaa onnensa lapsen kanssa ja huolehtia siitä, että kartano jäisi suvun perinnöksi.

Myös Karinin sisarukset olivat kaikki kuolleet lapsettomina, kuten Karin oli näihin hetkiin asti luullut.

&

Komisarion vierailu hämmensi Karinin mieltä. Oliko todella mahdollista, että hänellä oli siskonpoika, jota hän ei ollut koskaan tavannut?

Kun hän oli viimeksi tavannut sisaruksiaan se oli tapahtunut huonoissa merkeissä. Kerttu-sisko, joka oli heistä vanhin, oli sairaalassa toipumassa pahoinpitelystä. Hänen lyhyt avioliittonsa oli päättymässä, sillä mies joutui vankilaan väkivaltaisuutensa vuoksi. Karin oli juuri tavannut Raoulin ja heidän seurustelunsa oli jatkunut jonkin aikaa ja kuvitellen piristävänsä siskoaan, hän halusi jakaa onnensa ja kertoi juurta jaksain romanttisen tarinansa. Seuraukset olivat olleet täysin odottamattomat. Sen sijaan, että Kerttu olisi ilahtunut, hän alkoi huutaa Karinille ja ajoi hänet ulos sairaalasta ja ilmoitti, ettei halunnut tavata häntä enää milloinkaan.

Karin yritti usein lähestyä Kerttua pahoitellen ajattelemattomuuttaan, mutta sisko piti kiinni päätöksestään eikä enää vastannut hänelle sen paremmin kirjeisiin kuin puhelimessakaan. Ikävintä oli, että Kerttu sai muut sisaret puolelleen ja hekin katkaisivat yhteytensä häneen. Eniten Karin oli vuosien mittaan kaivannut nuorimmaista sisartaan Marttaa. Martta ei kuitenkaan halunnut tietää hänestä ja Karin oli tyytynyt siihen ja vain välillä yrittänyt saada tietoja pikkusiskon elämästä. Kun Raoulin ja Karinin häitä vietettiin kartanossa, sisarista ei kukaan noudattanut kutsua ja tullut juhliin.

Kaikesta huolimatta Karin oli onnellinen ja nautti elämästä rakastavan puolison kanssa, miehen perheen tarjotessa hänelle lämpöä, jota hän ei ollut ennen kokenut.

Aikanaan hän oli saanut virallista tietä tiedon siskojen kuolemasta, eikä ollut enää juurikaan miettinyt heidän kohtaloitaan.

"Mikä Martan sukunimi olikaan silloin, kun hän oli naimisissa?" mietti Karin ja avasi lukitun arkiston, jossa hän säilytti virallisia papereita.

Löydettyään ilmoituksen Martan kuolemasta, hän sai vahvistuksen sille, että Alfons todella saattoi olla hänen sisarenpoikansa. Martan sukunimi oli Härmä. Hän tunsi palavaa halua selvittää asia kunnolla ja päätti, että jos Alfons on hänen sukulaisensa ja vielä Martan poika, hän saisi hyvityksen siitä, että hänen tätinsä oli itsekeskeisellä ja ajattelemattomalla käytöksellään tehnyt heistä täysin vieraita toisilleen. Ympyrä sulkeutuisi, kun hän pääsee tapaamaan Martan lasta samaan sairaalaan, jossa tiesi sisarensa viettäneen viimeiset päivänsä.

Samovaarikodin seinät olivat viime aikoina saaneet todistaa Karinin saaneen myös siellä uutta sisältöä elämäänsä. Joitakin aikoja sitten taloon tuli uusi asukas nimeltä Sven Kurhi, joka heti ensi hetkestä oli tuntunut viihtyvän erityisen hyvin Karinin seurassa. Valitsipa Karin yhteisessä oleskelutilassa minkä paikan tahansa, mies tuntui löytävän hänen vierelleen. Miehessä ei suinkaan ollut mitään epämiellyttävää, mutta hän oli selvästi nuorempi kuin Karin ja se vaivasi häntä. Svenin käytös ja hauska tapa keskustella saivat lopulta Karinin unohtamaan ikäeron ja hän odotti joka päivä tapaamista.

Toisin kuin Karinilla, miehellä oli perhe, josta hän kertoi mukavia tarinoita. Erityisen ylpeä hän oli pojastaan, joka oli menestynyt rikkaana liikemiehenä Ruotsissa. Hänellä oli lehtileikkeitä, joissa poika oli hienoissa tilaisuuksissa, jopa kuninkaan vierellä. Kun Karin ihmetteli, ettei poika käy tapaamassa isäänsä, hän huomasi osuneensa arkaan paikkaan. Mies vastasi välttelevästi, että sitten kun liiketoimiltaan ehtii, hän tulee varmasti. Karin vaihtoi puheenaihetta, eikä palannut asiaan uudelleen.

Nyt hän odotti malttamattomana Sveniä voidakseen kertoa hänelle uudesta sukulaisestaan ja riensi vastaan, kun mies tuli huoneeseen kävelykeppiinsä nojaten.

&

Kaijan tutkimusretki saarella ei ollut tuottanut tulosta. Ei ollut löytynyt minkäänlaista venettä, jolla olisi voinut lähteä liikkeelle. Hän istui masentuneena kannolla, kun yhtäkkiä kuuli moottorin äänen. Hän nousi katsomaan ja näki pimeydessä veneen lähestyvän saarta.

"Voi ei! Se on tietysti Kurt-Ola!" hän huudahti ja lähti no-peasti kohti mökkiä linnoittautuakseen sisälle, kuten oli suunnitellut.

Liikkuessaan hän piti venettä silmällä siltä varalta, että tulija olisikin joku toinen, niin että hän voisi saada apua ja päästä kotiin. Sen tultua lähemmäksi veneen valot kertoivat siinä olevan kaksi miestä. Vene ei ollut Römbergin jahti, vaan huomattavasti pienempi ja vaatimattomampi. Kummankaan miehen hahmo ei näyttänyt Kurt-Olalta, mutta Kaija halusi vielä varmistua asiasta. Kun hän oli varma, hän alkoi vilkuttaa taskulampun valoa ja huutaa apua. Ensin näytti siltä, että miehet ajaisivat ohi huomaamatta häntä, kunnes jo melkein ohitettuaan saaren toinen miehistä katsoi Kaijan suuntaan ja vene kääntyi häntä kohti.

Kun vene oli riittävän lähellä, Kaija hyppäsi siihen lupaa kysymättä ja tunsi helpotusta saatuaan jalkansa pois saaren kamaralta. Miehet tuijottivat hämmentyneinä Kaijaa ja toi-siaan. Kaija alkoi selittää jääneensä vahingossa saarelle muiden lähdettyä. Miehet vain tuijottivat, eivätkä sanoneet mitään. Kaija kysyi oliko heillä puhelinta mukana. Miehet katsoivat taas toisiaan ja sanoivat jotain venäjäksi.

Kaija harmitteli, ettei ollut enemmän keskittynyt Oilin ja Säteen venäjäntunteihin. Hän yritti muistella mitä oli oppi-nut Tatjanalta. Hän muisti puhelimen olevan venäjäksi telefon aivan kuten ruotsiksikin, mutta miehet eivät ymmär-täneet, vaikka hän itse mielestään lausui sanan aivan niin kuin Tatjana oli opettanut. Telefon..телефон..... hän yritti sanoa, mutta antoi lopulta periksi.

"Ettekö osaa suomea?" hän kysyi epätoivoisena.

Kumpikaan ei vastannut ja toinen alkoi ohjata venettä pois saarelta.

"Do You speak English? Svenska?"

Edelleenkään ei mitään reaktiota. Kaija kysyi vielä viittomalla, oliko miehillä puhelinta, mutta molemmat vain pudistivat päätään.

Kaija huomasi elävänsä taas jonkinlaista painajaista. Ei puhelinta ja miehet puhuivat vain venäjää, josta Kaija ei juuri nyt muistanut montaakaan sanaa eikä kai niitä vähäisiäkään osannnut lausua niin, että ummikko venäläinen sitä ymmärtäisi.

Kaiken lisäksi vene suuntasi keulansa aivan väärään suuntaan, mantereelta pois päin avomerelle. Kaija yritti osoittaa suuntaa ja vaatia miestä kääntämään veneen, mutta miehet sanoivat vain:

"Njet, njet!" ja jatkoivat matkaa.

Kaija painui kumaraan.

"´Ojasta allikkoon´, sanoisi vanha kansa."

Hän tunsi itsensä jälleen hölmöksi luottaessaan vieraisiin ihmisiin.

&

Mara oli lopulta levottomana nukahtanut sohvalle pelkästä uupumuksesta yritettyään tavoittaa Raijaa, joka ei vastannut puhelimeen. Pöydällä oli Kaijan puhelin, jota ilman Mara lupasi, ettei enää koskaan päästäisi vaimoaan ovesta ulos.

Säde oli myös lopulta nukahtanut levottomaan uneen.

Mara oli sytyttänyt joka ainoassa huoneessa valot, lukuunottamatta lastenhuoneita pihan puolella. Hän halusi Kaijan näkevän kotinsa, jos hän olisi jossain näköetäisyydellä.

Hän ei aavistanutkaan minkälaisen lohdun valot tosiaan olivat suoneet hänen vaimolleen yön kuluessa!

Aamulla aikaisin Mara hiipi Säteen luo herättelemään häntä ja kuiskasi tytölle:

"Lähden nyt hakemaan äitiä. Voisitko hoitaa pojat koulukuntoon ja mennä heidän kanssaan yhdessä. Jos suinkin voit, niin yritä hoitaa asia niin että he eivät tiedä äidin olevan kadoksissa. Lupaan, että varmasti löydän hänet!"

Säde nousi istumaan:

"Niin löydätkin! Muistatko, kun silloin viimeksi sanoit noin, niin täytit mitä lupasit? Ihan varmasti niin käy nytkin. Ole rauhassa! Minä hoitelen pojat!"

Mara halasi reipasta tyttöään ja kertoi rakastavansa häntä.

Oli hyvin varhaista ja kaikkialla oli hiljaista. Mara ajoi autollaan pitkin autioita katuja ja suuntasi museolle. Samalla hetkellä Raija oli museon ovella takanaan mies, joka auttoi avaamaan oven. Mara pysäytti auton ja juoksi heidän peräänsä, mutta ei ehtinyt tavoittaa heitä ennen kuin he olivat taas suljetun oven toisella puolella huomaamatta häntä.

"Uudet siivoojat! Heillä on esimmäinen työpäivä eikä Kaija ole paikalla. Kuinka he mahtavat pärjätä?" Mara mietti.

"Minä en ainakaan pärjää, Kaija! Missä sinä olet?" hän huusi päästyään autoonsa.

Hän yritti taas soittaa Raijalle, mutta ei saanut vastausta. Käynnistettyään auton, hän lähti kiertämään kaupunkia, suunnaten ensin Munkkikujalle.

&

Venäläismiesten vene kulki mukavaa vauhtia eteenpäin ja suuntasi erääseen saareen. Miehet ajoivat laiturin viereen ja hyppäsivät pois veneestä ja ojensivat kätensä Kaijalle, jotta hän tekisi samoin. He nousivat mäkeä ylös ja tulivat sen harjalla olevalle pienelle kalastusmajalle. Sen takana näkyi toinen laituri, jonka vierellä seisoi pieni vesitaso.

Miehet menivat majaan ja jättivät hänet ulos odottelemaan. Vaikka olikin täysin ymmällä siitä mitä oli tapahtumassa, Kaija tajusi olevansa rauhallinen eikä tuntenut itseään uhatuksi miesten taholta.

"Osaisinpa käyttää tuota konetta!" hän huokaili ja katsoi haikeana vesitasoa.

Samassa miehet tulivat ulos ja suuntasivat askeleensa laiturille, jonka vierellä kone oli ja viittoilivat häntä tulemaan perässään. Kone oli ahdas ja Kaija joutui istumaan miesten välissä tuntien olonsa epämukavaksi. Hän arveli koneen todellisuudessa olevan vain kaksipaikkainen. Se lähti täristen liikkeelle, Kaijan elätellessä toiveita siitä, että pääsisi vihdoin kotiin päin. Hän sulki silmänsä ja mietti Maraa ja lapsia, mutta huomasi lopulta matkan kestosta, ettei kone suinkaan ollut menossa heidän luokseen.

Muutaman ahdistavan, kahden tupakanhajuisen miehen välissä ahtaudessa istutun, tunnin jälkeen kone laskeutui. Kaija katsoi ympärilleen ja tajusi olevansa Tukholman sydämessä jonkin laiturin vieressä. He poistuivat koneesta ja lähtivät laiturin alkupäässä olevalle tullikopille, jossa tullimies vaihtoi muutaman sanan miesten kanssa ja antoi heidän jatkaa matkaansa.

Kaija seurasi miehiä, kun he suuntasivat pitkäaikais-pysäköintipaikalle, jossa he menivät autoonsa. Ennen kuin Kaija ehti auton luo, miehet lähtivät liikkeelle taakseen katsomatta ja renkaat vinkuen. He jättivät Kaija-paran seisomaan ihmetellen paikoilleen.

"Käsittämättömiä pellejä!" hän huusi heidän peräänsä.

Kaija katsoi parhaaksi lähteä reippaasti kävelemään, saadakseen jälleen kerran ajatuksensa toimimaan. Tämä painajainen piti saada loppumaan! Hänellä oli päällään lenkkeilypukunsa ja taskussa vain avainnippu, jonka oli vaivoin pelastanut harakoilta.

"Ikinä en enää astu kotiovesta ulos ilman puhelinta ja lompakkoa, jossa on henkilöllisyyspaperit", hän vannoi itselleen saapuessaan Strandvägenille.

Hän juoksi kevyttä juoksua tien keskellä olevaa kaunista puistokatua. Liikunta tuntui hyvältä ahtaan lentomatkan jälkeen.

"En ajatellut kyllä ihan näin kauas tulla hölkkäämään", hän mietti ja hymyillessään itsekseen tunsi olonsa vähän paremmaksi ja alkoi pohtia mitä pitäisi tehdä. Jos hän löytäisi poliisilaitoksen, siitä voisi olla apua.

Djurgårdenin sillan luo tultuaan hän päätti kääntyä vasemmalle Vanadisvägenille. Hetken käveltyään, jo vähän rauhallisempaan tahtiin, hän näki edessään suuren rakennuksen. Hän ei ehtinyt edes ihmetellä mikä tuo rakennus oli, kun näki sen seinällä suurin kirjaimin tekstin: HISTORISKA MUSEET.

Hysteerinen nauru alkoi purkautua hänen sisältään, kun hän käveli museon portaille ja istuutui niille. Museo ei ollut vielä auki eikä liikkeellä muutenkaan ollut vielä ketään. Kaijan nauru kaikui museon suurta kiviseinää vasten, kunnes se tahtomatta muuttui itkuksi.

&

Lopulta Kaija rauhottui ja alkoi tosissaan suunnitella. Vaihtoehtoja ei ollut monta. Ensimmäiseksi hänen kai pitäi-

137

si selvittää, mistä löytäisi Suomen konsulaatin tässä vieraassa suurkaupungissa. Risteilymatkat eivät tarjonneet kovin laajaa näkymää, joten hänelle oli tuttua vain vanhakaupunki ja sen lähiympäristö.

"Kummallista, ettei täällä ole vielä ketään liikkellä. Ainakin siivoojien luulisi pian jo olevan paikalla", hän mietti.

Ennen kuin oli saanut ajatuksensa loppuun, hän tajusi olevansa henkilökuntaa nähdäkseen aivan väärällä ovella. Aivan kuten heidän museossaan, he tietysti käyttävät pihanpuoleisia ovia. Hän lähti kiertämään rakennusta ja huomasi melko pian valinneensa väärän suunnan, sillä nyt hän joutui kiertämään lähes koko korttelin päästäkseen pihalle. Hän kääntyi toiseen suuntaan ja saapui lopulta polulle, joka näytti johtavan museon pihalle. Vasta nyt hän tajusi kuinka häkellyttävän suuri museo oli heidän omaansa verrattuna. Rakennuksia oli vaikka kuinka monta ja ne kaikki olivat melko suuria. Täällä todella riitti siivottavaa!

Hän pysähtyi hetkeksi pienelle piha-aukealle ja nautti idyllistä, jonka ympärillä olevat vanhat rakennukset loivat. Yhtäkkiä hänen korviinsa kantautui kaunista musiikkia. Joku soitti pianoa vanhan rakennuksen toisessa kerroksessa, jonka ikkuna oli auki. Hän pysähtyi ikkunan alle kuuntelemaan ja tunnelma sai kyyneleet nousemaan hänen silmiinsä.

"Kuinka kaunista! Melkein unohdan minkälaisen painajaisen keskellä olen", mietti Kaija.

Vähitellen hän alkoi kävellä kohti valtavaa päärakennusta. Juuri kun hän oli laskeutumassa vanhoja puisia portaita ala-

puolella olevaa paikoitusaluetta kohti, siihen kurvasi vauh-
dikkaasti valkoinen pakettiauto, jonka kylkiä koristi kirk-
kaan punaisella PaavoCollinService.

Autosta hyppäsi ulos nainen punaisessa huppariasussaan,
jonka selässä oli sama logo, mutta valkoisena. Viisissä-
kymmenissä oleva nainen liikkui rivakasti kohti auton
takaosaa ja vilkaisi ohimennen Kaijaa hymyillen ystäväl-
lisesti. Kaija oli ajatellut toiveikkaana, että oli löytänyt
suomalaisen kollegan firman nimestä päätellen, mutta
ystävällinen hymy sai hänet epäröimään. Suomalaiset eivät
hymyile aamulla aikaisin ventovieraille ihmisille. Kaija
päätti siis turvautua vajavaiseen ruotsinkielentaitoonsa ja
aloitti:

"Förlåt!. Jag är från Finland... och... voi ei!" sanoi Kaija
ojentaen kätensä ja alkoi itkeä.

"Hei! Puhu vaan rauhassa suomea. Minä olen myös
suomalainen. Oletko ollut kauan Tukholmassa?"

"Tulin tänä aamuna. Olen Kaija Kurttunen", hän sai sanot-
tua nyyhkytysten lomasta.

"Minä olen Maarit Kollin. Nimi kirjoitetaan oikeasti
koolla, mutta yrityksen nimessä se on cee. Käymme melko
usein täällä museossa tekemässä sijaisuuksia. Olen siis
siivooja. Varmaan arvasitkin, kun olen tähän aikaan liik-
keellä. "

"Minäkin olen Suomessa historiallisen museon siivooja,
tai siis olen ollut, sillä nyt olen kiinteistöpäällikkö", selitti
Kaija

"Siivoojasta päälliköksi! Vau! Taidat olla huippuhyvä työssäsi?"

"Enpä tiedä. Olen kyllä aina yrittänyt parhaani, mutta tämä titteli oli kyllä vähän niin kuin palkinto. Melkein vahingossa nimittäin autoin poliisia museovarkauden selvittämisessä."

"Eikä! Oletko sinä *se* Kaija? Siitähän revittiin täälläkin otsikoita monta kuukautta. Ne oli venäläisiä konnia, eikö? Mikä kunnia tavata sinut! Täällä sinua sanottiin Super-Kaijaksi. Sinullahan on iso perhekin, eikö vaan?"

"On. Kuusi lasta ja mies, jotka ovat tällä hetkellä varmaan onnettomia, kun eivät tiedä mitä minulle on tapahtunut."

"Mitä sinulle sitten on tapahtunut?" uteli Maarit.

"Pitkä juttu. Ensimmäinen mokani kiinteistöpäällikkönä on tärkeä osa sitä."

Maarit kutsui Kaijan mukaansa museoon ja vei hänet sen viihtyisään kahvihuoneeseen, jossa hän sai kuulla Kaijan viime vuorokausien uskomattomista kokemuksista. Kun Maarit tarjosi eväsleipiään, Kaija huomasi olevansa todella nälkäinen ja otti ne vastaan kiitollisena.

&

Paluumatkalla risteilyltä Maija lopulta vastasi puhelimeen ja sai kuulla kunniansa siskoltaan. Aikansa haukuttuaan Raija kertoi päättäneensä viedä rahat poliisille. Maija oli ihmeissään, mutta se sopi hänelle oikein hyvin. Helpotus kuului hänen äänestään, kun hän tajusi, että sisko vihdoinkin halusi toimia oikein. Hän oli myös todella kiitollinen siitä, että Raija sanoi olevansa valmis hoitamaan asian yksinään, sillä mikään ei nyt saisi pilata heidän uutta elämäänsä Anteron kanssa.

"Minullahan on teidän avain. Mitä jos hakisin kassin ennen kuin ehditte kotiin? Voisin tehdä sen heti, kun pääsen täältä töistä", Raija kysyi viattomasti.

"Sehän olisi mitä parhain ratkaisu! En joutuisi selittämään Anterolle mitään", Maija sanoi ilahtuneena.

"Selvä! Minä hoidan asian ja vien kassin saman tien poliisiasemalle. Sitten voimme unohtaa koko jutun. Tämä on viimeinen kerta, kun keskustelemme siitä, vai mitä?"

"Sopii erittäin hyvin! En enää päästä sitä edes ajatuksiini. Meille tulee nyt se muutto ja kaikki, joten muutakin ajateltavaa riittää. Kiitos Raija! Kiitos todella paljon!"

"Ei kiittämistä. Ole hyvä vaan! Soitellaan taas", sanoi Raija ja sulki puhelimen.

&

Kaija kertoi uskomatonta seikkailuaan ihmettelevälle Maaritille, jolta sai myös tietää, ettei Kurt-Ola-nimistä siivoojaa ollut ainakaan niiden vuosien aikana ollut museon siivoojien joukossa, kun Maarit oli työskennellyt siellä. Hän oli hoitanut museon siivouksia jo yli kymmenen vuoden ajan. Hän ei muistanut niinä vuosina tavanneensa yhtään miessiivoojaa siellä. Siivoojat olivat olleet naisia, joista yksikään ei ollut edes syntyperäinen ruotsalainen. Valtaosa siivoojista oli alun alkaen suomalaisia ja jokunen unkarilainen oli parhaillaankin jollain alueella.

Kaija ja Maarit olivat yksimielisiä siitä, että oli ilmoitettava poliisille, mutta aivan ensimmäiseksi Kaija halusi soittaa Maralle ilmoittaakseen olevansa kunnossa. Maarit lainasi matkapuhelintaan auliisti.

Mara oli edelleen liikkeellä ja ajeli juuri satama-alueella, kun hänen puhelimensa soi. Hän näki puhelun tulevan ulkomailta ja oli ihmeissään.

"Mara Kurttunen."

"Hei rakas! Minä täällä."

"Kaija! Mistä sinä soitat?"

"Usko tai älä! Tukholmasta! Minulla ei ole mitään hätää. Istun parhaillaan Tukholman historiallisen museon siivoojien konttorissa ja olen ihan kunnossa, mutta en voi nyt puhua kovin pitkään, kun tämä on lainapuhelin. Minun pitää etsiä täältä Suomen konsulaatti, että pääsen kotiin. Mutta tärkeä juttu on, että soitat heti Aarnolle ja kerrot, että se uusi siivooja, Kurt-Ola Gustafsson, on joku huijari, joka sieppasi minut ja vaati rahoja. Mahtaako Vera olla kaiken takana?"

Mara lupasi hoitaa asian välittömästi, mutta kertoi tietävänsä, että Vera oli kuollut, joten mies luultavasti toimii ihan omiin nimiinsä. Kaijalle tieto oli helpotus. Verasta ei enää milloinkaan tulisi hänen painajaistaan. Mara sai siivoojien toimiston puhelinnumeron ja he sopivat, että Kaija jää odottelemaan Maaritin kanssa hänen yhteydenottoaan.

Puhelun jälkeen Mara pysäytti auton kadun varteen ja purskahti itkuun. Sen mukana purkautui huoli ja jännitys, jotka olivat pitäneet häntä teräksenlujassa otteessaan. Kun se oli ohi, hän soitti Aarno Laitapuolelle ilmoittaakseen Kaijan olevan turvassa ja kertoakseen Kurt-Olasta, joka oli hänet siepannut ja vaatinut rahaa.

&

Raija ja Kurt-Ola olivat jättäneet ruokatunnin väliin ja olivat siksi jo lopettelemassa töitään puolenpäivän aikaan. He seisoivat siivouskomerossa hyvin lähekkäin ja puhdistivat työvälineitä, joita olivat käyttäneet. Raija tunsi miehen partaveden tuoksun ja lämmön, joka lähti hänen vartalostaan. Päivän mittaan Raija oli saanut osakseen monia kohteliaisuuksia, jotka saivat hänen sydämensä väreilemään. Sen sijaan, että olisi halunnut vetäytyä kauemmaksi, hän pysyi tiiviisti miehen vierellä.

"Sanoisipa Tapiokin joskus, että tuoksun hyvältä!" hän mietti.

Kun Kurt-Ola lukitsi siivouskomeron ovea, hän ei päästänyt Raijaa menemään, vaan piti häntä otteessaan. Yllättäen Raija tunsi kevyen suudelman kaulallaan. Punastuen ja nolona hän irroittautui tietäessään olevansa hikinen.

"Anteeksi, en pystynyt hillitsemään itseäni! Sinä olet niin ihana ja aito. Lupaan, etten tee sitä toiste", Kurt-Ola sanoi jatkaen asiallisemmin:

"Onko sinulla kova kiire? Ajattelin, että voisitko esitellä minulle vähän tätä kaupunkia, kun en tunne vielä ollenkaan näitä paikkoja? Siis ihan vaan työkavereina. Unohdetaan äskeinen."

"Valitettavasti minulla on omia juttuja hoidettavana, mutta voin kyllä tulla tänään vähän myöhemmin, jos haluat", Raija vastasi eikä voinut mitään sille, että hänen äänensä värisi.

"Kyllä minä jaksan odotella sinua. Sopiiko joskus kolmen maissa?" mies vastasi pehmeästi huomatessaan vaikutuksensa.

Raija uskoi ehtivänsä siihen mennessä hoitaa kassin piiloon. Hänellä oli mielessään museon siivouskomeron takanurkka, jossa näytti olevan epämääräistä tavaraa, jota kukaan ei kaivannut.

"Kolmelta sopii oikein hyvin. Tänne nyt ainakin löydät, joten tavataan tässä museon edessä silloin."

&

Raija istui bussissa ja hänen sydämensä oli rauhaton. Siihen vaikutti Kurt-Olan synnyttämä tunnekuohu yhtä lailla kuin epärehellisyys Maijaa kohtaan. Ei olisi mitään järkeä viedä rahoja poliisille, sillä niissä oli hänen tulevaisuutensa eikä hän halunnut edes jakaa niitä kenenkään kanssa.

Kurt-Olan kohteliaisuus ja huomionosoitukset olivat saaneet hänet tuntemaan suoranaista vastenmielisyyttä Tapiota kohtaan. Jääköön mies litkimään kaljaansa ja heittämään tikkaa. Hän itse valitsisi tyydyttävämmän tien. Päätös oli toki Kurt-Olan ansiota, sillä hän oli saanut Raijan tuntemaan itsensä pitkästä aikaa viehättäväksi, mutta hänelläkään ei silti olisi osuutta Raijan suunnittelemaan tulevaisuuteen. Mieshän oli vain siivooja.

Kaija joutuisi hyvin pian etsimään Kurt-Olalle uuden opastettavan Raijan tilalle.

&

Kurt istahti vuokraamansa Micran ratin taakse.

Raija nousi bussiin, joka oli menossa eri suuntaan kuin missä Kurt oletti hänen asuvan, sillä hän oli alkanut vakuuttua siitä, että Tapio Möttönen oli naimisissa tämän Raijan kanssa. Hän tajusi jälleen kerran, ettei kannattanut luottaa kehenkään. Tapion kanssa keskusteltuaan, hän olisi voinut panna koko rahakassillisen vetoa sen puolesta, että mies oli luotettava kumppani. Nyt näytti siltä, että koko vaimon suku oli juonessa mukana.

Kurt lähti seuraamaan bussia, joka suuntasi kaupungin toisella puolella olevaan lähiöön. Hän jättäytyi parin auton taakse, vaikka olikin epätodennäköistä, että joku kiinnittäisi huomiota ison bussin perässä ajavaan pikkuautoon. Bussi pysähtyi lähes joka pysäkillä ja pari kertaa Kurt joutui ajamaan sen ohi, ettei jäänyt jarruttamaan ruuhkaliikennettä. Ihmisiä oli liikkeellä vaikka kuinka paljon ja oli hankala varmistua siitä, ettei Raija ollut niiden bussista poistuvien joukossa, jotka nopeasti sulautuivat katuvilinään. Kaupunki oli kuin muurahaiskeko näin lounasaikaan.

Kun bussi lopulta saapui esikaupunkialueelle, ruuhka oli hiljentynyt ja alkoi Kurtin kannalta olla kiusallista ajaa bussin perässä. Muita henkilöautoja ei enää ollut liikenteessä. Kaikesta huolimatta hän jatkoi bussin seuraamista. Se pysähtyi edelleen lähes jokaisella pysäkillä, mutta ulos tuli yleensä vain yksi tai kaksi ihmistä. Mikäli Raija vielä oli kyydissä, Kurt kyllä näkisi milloin hän poistuu.

&

Päätepysäkin lähestyessä Raija huomasi olevansa ainoa matkustaja. Hän tarkisti, että Maijan avain oli tallella ja nousi seisomaan. Hän huomasi heti takana tulevan pienen sinisen auton. Hän pelästyi Maijan päättäneen kuitenkin tulla hänen mukaansa viemään rahoja poliisiasemalle. Auto oli nyt tullut lähemmäksi ja Raija huomasi erehtyneensä, sillä hän näki miehen ajavan sitä. Väri pakeni hänen kasvoiltaan, kun hän tunnisti miehen Kurt- Olaksi.

"Mokomakin lemmensairas köriläs", hän mietti ja hiipi matalana bussin kuljettajan taakse ja kysyi jäikö bussi seisomaan päätepysäkille. Kuljettaja pudisti päätään ja Raija lisäsi:

"Jäi yksi asia kaupungissa hoitamatta, joten minun takiani ei tarvitse pysähtyä, menen takaisin."

Bussi kiersi kääntöpaikan ja jatkoi saman tien matkaa kaupungin suuntaan.

Raija näki kuinka sininen auto kaasutti vauhdilla ohi ja lähti ajamaan reilua ylinopeutta kaupungin suuntaan ja oli pian poissa näköpiiristä.

"Taidan sittenkin jäädä pois! Voin hoitaa sen jutun myöhemmin", sanoi Raija ja oli lentää selälleen, kun kuski painoi kiukkuisesti jarrun pohjaan.

Kurt jatkoi matkaansa raivoissaan siitä, ettei ollut huomannut Raijan poistumista kyydistä. Moottori ulisi ja Kurt tajusi, että oli syytä hidastaa, sillä hän ei todellakaan halunnut joutua poliisin silmätikuksi. Tarkkaillen ihmisiä kaduilla hän palasi bussireittiä kaupunkiin rauhallisesti.

&

Komisario Aarno Laitapuoli kuunteli kiinnostuneena Maran tietoja. Kaijan uusi työntekijä siis oli siepannut hänet ja vaatinut lunnaita. Ei ollut vaikea yhdistää nimeä Kurt-Ola Ruotsin poliisin etsintäkuuluttamaan Kurtiin. Palapelissä oli silti vielä aivan liikaa yhteensopimattomia osia.

Miksi Kurt, jolla oli Suomessa mukanaan täysi kassillinen euroja, oli kiinnostunut Kaijan saamista palkkiorahoista, etenkin kun niillä rahoilla oli jo ostettu kallis merenrantahuvila ja tehty muitakin sijoituksia, joita ei niin vain muuteta käteiseksi? Ja mitä mies luuli saavuttavansa menemällä museoon siivoojaksi?

Ennen puhelinkeskustelun päättymistä Mara ja Aarno sopivat, että Mara lentäisi heti Tukholmaan hakemaan Kaijaa ja sitä ennen Aarno toimittaisi hänelle kuvan Kurt Kurhista, jotta Kaija voisi tehdä tunnistuksen.

Mara riensi kotiin. Hänen oli nopeasti järjestettävä lapsille hoitaja ja sitten kiirehtiä lentokentälle.

Laitapuoli huomasi yhden oljenkorren, joka saattaisi auttaa yhdistämään Kurt-Ola Gustafssonin ja Kurt Kurhin samaksi henkilöksi. Hän soitti tyttärelleen Oilille museoon ja kysyi olivatko uudet työntekijät olleet töissä, vaikka Kaija ei ollutkaan paikalla. Oili tiesi kaikkien siivoojien olleen paikalla, myös Kurt-Olan, mutta ei valitettavasti ollut tavannut häntä eikä näin ollen pystynyt auttamaan tunnistamisessa.

Aarno soitti myös Raija Möttösen kotinumeroon, mutta siellä vastasi unenpöpperöinen Tapio, joka ei tiennyt vaimostaan muuta kuin sen, että hän oli lähtenyt aikaisin aamulla museoon töihin. Aarno sai Raijan matkapuhelinnumeron ja yritti soittaa siihen, mutta ei saanut vastausta.

Sen jälkeen hän kiirehti toimittamaan Kurt Kurhin etsintäkuulutuksen Maralle, joka jo olikin lähtövalmiina ja hyvästelemässä lapsia, jotka olivat saaneet hoitajakseen Tatjana Ustinovan, jolla oli omat pojat mukanaan. Tarkoitus oli tulla illan viimeisellä koneella takaisin ja Mara oli varannut matkan siihen itselleen ja Kaijalle.

Taksissa matkalla lentokentälle, Mara soitti Tukholman museon konttoriin vaimolle ja kertoi olevansa matkalla hakemaan häntä. Kaija oli kiitollinen ja kertoi Maaritin tarjoavan hänelle lounaan sillä välin. He tapaisivat sen jälkeen museolla.

# &

Tapio Möttönen oli juuri päättänyt vielä jatkaa uniaan, kun puhelin soi toistamiseen. Hän ajatteli olla vastaamatta, mutta nosti lopulta luurin ärtyneenä.

"Kurt täällä, terve! Kaikki on mennyt pieleen. Se sun ystäväs Alfons on haihtunut kuin tuhka tuuleen mun rahalaukun kanssa. Meidän bisnekset taisi nyt sitten olla tässä!"

Hetkessä Tapio oli täysin hereillä.

"Ei! Jos Affe on kadonnut, sille on tapahtunut jotain. Olkoon mitä muuta tahansa, niin rehellinen se on! Sen minä takaan milloin vain. Siksi minä suosittelinkin sitä!"

Kurt kertoi Tapiolle oman versionsa viimepäivien tapahtumista jättäen pois yksityiskohtia, kuten sen miten Alfons oli lentänyt mereen.

"Äijällä on kumppaneita. Heillä on nyt rahat ja sitä rataa... häipyneet taivaan tuuliin. Tai voivat olla aika lähelläkin sillä jäljet ovat johtaneet hienostoalueelle merenrannalla. Haluan tavata sinua nyt heti, että voit auttaa saamaan rahat takaisin!"

Tapio tajusi olla panematta vastaan ja lupasi tavata miehen Sätkivässä Siiassa parin tunnin kuluttua.

Kurt näppäili uuden puhelinnumeron.

"Vasili tässä! Terve Kurt!" kuului vastaus yhtä selkeänä kuin puhuja olisi ollut samassa huoneessa.

"Täällä taitaa asiat mutkistua. Mikä tilanne siellä Tukhol-
massa on? Onko kaikki hallinnassa?" kysyi Kurt huolis-
saan.

"Joo. Ihan mallillaan täällä kaikki on. Jätettiin muija laitu-
rille eikä se ole sen koommin nähnyt meistä vilaustakaan.
Me ei olla kyllä kadotettu sitä hetkekskään näkyvistä."

"Missä se nyt sitten on?"

"Meni Historiskaan sisälle siivoojan kanssa. On ollut siel-
lä jo tunteja." vastasi Vasili.

"Mitä? Mihin ihmeen Historiskaan? Museoon vai?" kysyi
Kurt kärsimättömänä

"No tietysti museoon! On siinä meillä tukholmalainen!"

"No, joka tapauksessa tilanne on se, että sitä tullaan hake-
maan minä hetkenä hyvänsä, joten teidän pitää toimia
nopeasti. Se on ilman muuta ilmoitellut itsestään jo vaikka
kenelle tänne Suomeen."

"Hankalaa vaan, kun se siivooja on siellä. Näyttää olevan
kaiken lisäksi aika trimmissä kunnossa. Sitä on hankala
nitistää", uumoili Vasili huolta äänessään.

"Sopimus on sopimus. Teille on maksettu asian hoitami-
sesta joten varmaan keksitte miten hoidatte sen", vastasi
Kurt eikä jäänyt odottamaan vastalauseita.

Dimitri, Vasilin kumppani kuunteli keskustelua ja ymmär-
si, että oli aika toimia. Juuri samalla hetkellä Kaija ja sii-
vooja tulivat ulos ovesta rauhallisesti keskustellen.

"On pakko ottaa molemmat. Heti! Täällä ei ole muita näkemässä! Vauhtia nyt, Vasili!" hoputti Dimitri.

Miehet nousivat pakettiautosta ja kävelivät kohti naisia. Juuri kun nukutusaine alkoi vaikuttaa, Kaija tunnisti heidät niiksi, jotka olivat lennättäneet hänet Tukholmaan. Maarit kamppaili miehiä vastaan sinnikkäästi, mutta roistot onnistuivat ja hänkin menetti tajuntansa. Pakettiautossa heidän kätensä ja jalkansa sidottiin ja suunsa teipattiin.

Vasili tunsi katumusta siitä, että oli suostunut tähän keikkaan. Kurtin tarjous oli sokaissut hänet hetkeksi, sillä helppo raha houkutteli. Tämä oli kuitenkin ihan muuta kuin mitä hän aikaisemmin oli tehnyt lain ulkopuolella. Ihmisryöstö, kidnappaus tai sieppaus, miksi sitä sitten halusikin sanoa, se oli vähän liikaa hänenlaiselleen pikkukonnalle.

Vasilin oli myönnettävä itselleen, että mahdollisuus pitkästä aikaa lentää koneella oli ratkaisevaa ja hän innostui siitä enemmän kuin mistään. Lentolupakirja oli ollut hänellä nuoresta asti. Isä, joka oli ennen Suomeen muuttoa ollut taistelulentäjänä Venäjällä oli opettanut häntä.

Jos Kaija ei olisi vaikuttanut niin mukavalta, tehtävä olisi ollut helppo nakki. Vasili oli jo venematkalla tuntenut myötätuntoa naista kohtaan, kun he teeskentelivät, etteivät ymmärrä suomea.

Dimitri, joka oli miehistä vanhempi ja Vasilin velipuoli oli kovapintaisempi ja häntä kiihotti keikkaan liittyvä jännitys. Hän ei tuntenut myötätuntoa, vaan sai nautintoa vaistotessaan Kaijan pelon lentomatkalla.

"Onko suunnitelma ennallaan?" kysyi Dimitri

"Jep", vastasi toinen yrittäen peittää pehmeän puolensa.

"Sitten vaan suunta kohti Norjan rajaa. Lähdetään ennen kuin joku näkee tämän auton!" kehotti Dimitri.

Tukholman Historiallisen museon portista ajoi sisään pakettiauto, jonka kyljessä luki PaavoCollinService. Paavo oli ollut eri puolilla Tukholmaa jakamassa siivoustarvikkeita työntekijöilleen, kun huomasi, että oli sopivasti lounasaikaan museon lähellä. Hän keksi, että olisi mukavaa lounastaa yhdessä vaimon kanssa.

Ajaessaan pihaan hän näki toisella portilla vilauksen sinisestä pakettiautosta, joka näyttävästi kaasutteli pois museon alueelta. Paavo oli tunnettu mielikuvituksestaan ja hän kehitti tälläkin kertaa mielessään kiinnostavan tarinan siitä, keitä pakettiautossa oli ja mihin se oli menossa, tietämättä, että hänen vaimonsa Maarit oli tiedottomana sen tavaratilassa.

&

Maijan ja Anteron ovella Raija oli sovittamassa avainta lukkoon. Oven avattuaan hän suuntasi suoraan kodinhoitohuoneeseen ja avasi kaapin, jossa tiesi kassin olevan. Hän tarttui siihen, eikä malttanut olla avaamatta sitä. Nähdessään rahat hän lumoutui näkemästään eikä voinut irroittaa katsetta, vaan hänen oli pakko hypistellä niitä sormissaan. Jopa rahojen tuoksu tuntui ihanalta. Hän sulki kassin vastahakoisesti tajutessaan, että hänelle tulisi kiire, jos hän ei lähtisi nopeasti takaisin kaupunkiin.

Odottaessaan bussia hän vilkuili huolissaan ympärilleen varmistuakseen, ettei Kurt-Olaa vain näkyisi missään. Oliko mahdollista, että mies oli todella rakastumassa häneen? Selväähän oli, että hän oli yksinäinen, mutta toisaalta luulisi noin komean tyypin löytävän seuraa helposti. Tietysti hän ei ehkä vielä tunne kaupungin paikkoja, joista sitä seuraa löytyisi.

"Ehkä en opastakaan häntä sellaisiin paikkoihin, vaan pidän itselläni", Raija naurahti.

Lyhyen odotuksen jälkeen bussi saapui ja Raija pääsi sillä mukavasti aivan museolle saakka. Onneksi, sillä painavan kassin kantaminen otti todella voimille.

Kello oli puoli kolme, kun hän oli ovella ja avasi sen kortillaan. Hän alkoi järjestää siivouskomeroa selittääkseen syyn mahdollisille tarkkailijoille kameroiden takana, jos joku ihmettelisi, mitä hän siellä touhusi. Tietoisena kamerasta hän sijoitti kassin niin, että sai tyhjennettyä huomaamattomasti sen sisällön mustaan jätesäkkiin otettuaan itselleen ensin viisi sadan euron seteliä. Hän laittoi säkin komeron perimmäiseen nurkkaan. Hän löysi myös leikkiaseen, josta Maija oli kertonut. Hetken mielijohteesta hän pani sen käsilaukkuunsa ja tarkasti samalla äänettömänä ollutta puhelintaan nähdäkseen oliko kukaan kaivannut häntä.

Hänelle oli tullut kuusi puhelua.

"Ehkäpä kiinteistöpäällikkö Kurttunen on soittanut", mietti Raija loukkaantuneena siitä, ettei sisko ollut suvainnut edes näyttäytyä koko päivänä.

"Taitaa olla jo niin fiini ihminen, ettei siivoojasisko kiinnosta, vaikka on samassa työpaikassa. Rouva ei taida muistaa, ettei ole kovin pitkää aikaa siitä kun osat olivat toisin päin."

Kaija ei ollut soittanut, kuten ei Tapiokaan, mutta Mara oli yrittänyt tavoittaa häntä monta kertaa. Sen lisäksi kaksi puhelua oli tullut numerosta, jota hänen puhelimensa ei tuntenut.

"Maralle en soittele perään. Tahtoo varmaan kutsua kyläilemään, kun oli niin lipevä Maijallekin."

Tuntemattomaan numeroon hän päätti soittaa. Se saattoi olla vaikka Kurt-Ola.

"Poliisi. Komisario Laitapuolen sihteeri Taimi Sihti puhelimessa."

Raijan sydän pomppasi kurkkuun ja hän sulki nopeasti puhelimen ja oli kiitollinen siitä, että oli säätänyt oman puhelimensa niin, että vastaanottaja ei näe numeroa. Mitä poliisi hänestä halusi? Oliko se jotenkin päässyt rahakassin jäljille? Mitä jos Maija on mennyt innoissaan jaarittelemaan etukäteen siitä, että hän veisi kassillisen rahaa poliisilaitokselle?

Vihreälle laukulle oli vielä keksittävä piilopaikka. Hän sujautti sen toiseen mustaan säkkiin ja heitti säkin rojunurkkaan. Vielä ennen poistumistaan hän siirsi siivouskärryn nurkkaan, niin että rojut jäivät sen taakse ja lähti ulos, sillä kello oli jo melkein kolme ja hän halusi ehtiä ulos ennen Kurt-Olan tuloa.

Raija ehti seistä hetken ulkona ennen kuin Kurt-Ola kurvasi autolla hänen viereensä ja nousi avaamaan hänelle oven.

"Olkaa hyvä, kaunis rouva!" mies sanoi hymyillen hurmaavasti.

Raija tunsi taas punastuvansa ja istuutui autoon. Istuttuaan hänen viereensä Kurt-Ola kysyi:

"Mistä kiertokäyntimme alkaa?"

Raija päätti viedä hänet ensimmäiseksi näköalapaikalle merenrannalla. Se oli tavallisesti ensimmäinen paikka, joka haluttiin esitellä vieraille.

&

Mara yritti hakea mahdollisimman hyvän asennon lentokoneessa lukuisten liikemiesten keskellä, jotka tottuneesti kaivoivat kannettavat tietokoneensa esille jo ennen kuin kone oli lähdössä liikkeelle. Hän tunsi itsensä kokemattomaksi pikkupojaksi muiden rinnalla, sillä hän odotti innolla liikkeelle lähtöä, kun taas muille näytti lentomatkustaminen olevan pelkkää arkipäivää. Lentoemäntä kävi tarkistamassa istuinvyöt ja pyysi matkustajia laittamaan koneensa pois nousun ajaksi ja kaikki oli valmista.

Koneen lähtiessä kohti kiitoradan päätä, Mara sulki silmänsä ja tunsi helpotusta tietäessään olevansa matkalla Kaijan luo viedäkseen hänet kotiin unohtamaan tämän oudon välinäytöksen heidän elämässään, jolle ei vieläkään tuntunut olevan selitystä.

&

Karin Långman istui taksin takapenkillä vierellään hyvä ystävänsä Sven Kurhi. Perhoset Karinin vatsassa viestivät jännityksestä, jota oli ilmassa. Hän ei ollut täysin varma johtuiko se enemmän sisarenpojan ensitapaamisesta kuin miehestä, joka istui hänen vierellään. Kun sairaalasta oli soitettu Alfonsin siirrosta pois teho-osastolta, oli Karin innoissaan kiirehtinyt Svenin huoneeseen kertomaan siitä. Aivan yhtä innostuneesti oli Sven tarjoutunut lähtemään sairaalaan hänen tuekseen, kun hän ilmoitti menevänsä välittömästi poikaa katsomaan.

Karin olisi halunnut tarttua Svenin penkillä lepäävään käteen, mutta epäröi peläten olevansa liian tunkeileva, kun hän yllättäen huomasikin miehen tarttuvan omaansa ja kuiskaavan hänen korvaansa rohkaisun sanoja.

Sven maksoi taksin ja he kävelivät yhdessä sairaalan neuvontatiskille. Ystävällinen hoitaja opasti heidät hissin ovelle ja neuvoi heitä menemään kolmanteen kerrokseen, jossa Alfonsin osasto oli.

Astuttuaan hissistä Sven tarttui uudelleen Karinia kädestä ja sanoi:

"Jos haluat tavata hänet ensin kahdenkesken, voin jäädä tähän odottelemaan."

Pyylevä, tiukkailmeinen osastonhoitaja lähestyi heitä ja tiedusteli ketä he olivat tulossa tapaamaan. Saatuaan vastauksen hän kutsui heidät kansliaan keskustelemaan ennen potilaan tapaamista.

"On pari asiaa, mitä teidän olisi hyvä tietää. Ensinnäkin se, että vaikka ollaan lähes varmoja siitä, että henkilö on Alfons Härmä, ainoa vahvistus asialle on toistaiseksi merestä löytyneen auton rekisteritiedot ja täällä käyneen potilaan veljeksi esittäytyneen henkilön väite. Hän on vielä aika sekava, joten on myös mahdollista, ettei hän tunnista sukulaisiaankaan."

Karin ja Sven purskahtivat nauruun ja ylihoitaja pyrki liimaamaan ohuen hymyn tiukkailmeisille kasvoilleen ymmärtämättä tilannetta.

"Anteeksi! Tämä tilanne vaan on niin outo. Minä nimittäin sain kuulla vasta pari päivää sitten, että minulla on siskonpoika, joten minä en ole nähnyt häntä milloinkaan aikaisemmin. Hän ei todellakaan tunne minua."

Sen jälkeen heidät johdateltiin Alfonsin huoneeseen ja hoitaja poistui paikalta olkapäitään kohautellen.

&

Kaijan päätä kivisti, kun hän heräsi ja kesti hetken ennen kuin hän muisti mitä oli tapahtunut. Hän tajusi makaavansa kyljellään pakettiauton tavaratilassa kädet ja jalat sidottuina. Hän kuuli moottorin ulinan yli jonkun kutsuvan häntä hiljaa. Hänen oli mahdotonta kääntyä, mutta hän tajusi Maaritin olevan hänen selkänsä takana sidottuna samalla tavalla kuin hän itse. Hän onnistui koskettamaan Maaritin käsiä. Venäläiset olivat halunneet selvästikin estää heitä keskustelemasta keskenään niin, etteivät he kuulisi.

"Maarit! Olen tajuissani!" Kaija sanoi niin hiljaa kuin mahdollista.

"Minulla on suunnitelma. Voisitko yrittää avata narut ranteistani? Varmasti hankalaa, mutta saattaisi onnistua", Maarit vastasi

Kaija siirsi itseään vähän alemmaksi ja löysi otteen narusta, joka oli Maaritin ranteiden ympärillä. Hän kävi solmun kimppuun ja huomasi Maaritin olleen oikeassa väittäessään sitä hankalaksi. Lopulta hän kuitenkin tunsi edistyvänsä ja solmu alkoi löystyä samaan tahtiin kuin hänen sormensa turposivat ja ponnistelu muuttui koko ajan vaikeammaksi. Lopulta Maarit tunsi siteen löystyneen niin, että saattoi irrottaa kätensä ja nousi istumaan ja avasi seuraavaksi nilkoissaan olevat siteet.

Meni enää vain hetki, kun Kaijakin oli melkein vapaana, mutta pahaksi onneksi juuri silloin auto pysähtyi. Maarit meni kiireesti makaamaan ja molemmat esittivät edelleen tajutonta. He kuulivat miesten poistuvan autosta ja menevän vähän kauemmaksi ilmeisesti tarpeelleen. Olisi ollut erinomainen hetki, jos Kaija olisi ehditty vapauttaa.

Pian auton takaovi avattiin ja Vasili huusi Dimitrille selvällä Suomen kielellä:

"Kaikki niin kuin pitääkin. Molemmat kanttuvei!"

"Hyvä! Hyppää kyytiin!" vastasi Dimitri.

Auto käynnistyi ja matka jatkui. Maarit kävi uudelleen Kaijan solmujen kimppuun ja lopulta he istuivat molemmat miettien mitä oli tehtävissä. Auton tavaratilassa ei näyttänyt olevan mitään kättä pidempää, jonka avulla he olisivat voineet tehdä yllätyshyökkäyksen. Ainoaksi vaihtoehdoksi tuntui jäävän se, että he ovien avautuessa olisivat aivan lähellä ja pinkaisisivat pakoon, minkä jaloistaan pääsivät.

Kaija tunsi maton alla jotain ja he löysivät luukun, jonka alla oli vararengas ja varoituskolmio. He ottivat ne esille. Rengas tuotti hikistä työtä etenkin kun piti toimia mahdollisimman äänettömästi, mutta he saivat sen ylös. He tekivät uuden suunnitelman. Toinen heistä ottaisi renkaan ja oven avautuessa panisi sen vierimään. Toinen käyttäisi varoituskolmiota kuin pumerangia ikään ja sitten vain vauhtia töppösiin.

&

Kurt-Ola oli kääntymässä näköalapaikalle, kun heidät pysäytti poliisin rikospaikkanauha, eikä auttanut muuta kuin suunnata johonkin muualle.

"Mitä siellä on mahtanut sattua?" ihmetteli Raija

Kurt-Ola ei vastannut mitään, mutta ihmetteli kuinka joku saattoi elää niin täydellisessä uutispimennossa.

He suuntasivat satamaan ihailemaan veneitä. Kun Kurt oli pysäyttänyt auton aivan rantaan, hän sammutti moottorin ja kääntyi kohti Raijaa suudellakseen häntä. Ennen kuin edes kunnolla tajusi mitä tapahtui Raija huomasi vastaavansa kiihkeästi suudelmaan.

"Olen varannut hotellihuoneen. Tulethan kanssani?" sanoi Kurt-Ola käheästi.

"Tulen!" vastasi Raija ja hänen äänensä kuulosti omissakin korvissa turhan innokkaalta.

Raijan hämmästys oli suuri, kun hän tajusi heidän olevan menossa kaupungin kalleimpaan hotelliin. Miten siivoojalla saattoi olla varaa sellaiseen?

Hän ei kuitenkaan halunnut miettiä enempää asiaa, sillä hän halusi vain olla Kurt-Olan kanssa. Mikään muu ei merkinnyt mitään. Heidän suudellessaan huoneessa, Kurt ohjasi Raijan vuoteelle ja samalla Raijan laukku putosi ja avautui. Leikkiase vieri sieltä lattialle. Vaikka kokolattiamatto vaimensi ääntä Raija huomasi tilanteen ja pudottautui nopeasti polvilleen laukkunsa päälle ja onnistui peittämään lelun.

Kurt katseli ihmeissään sängyn laidalla.

"Veinkö sinulta jalat alta, vai?" hän kysyi ivaa äänessään.

"Ei... kun minulla on välillä jaloissa suonenvetoa. Tämä menee heti ohi, kun vähän venyttelen. Kiltti, toisitko minulle jotain juotavaa tuolta minibaarista?" sanoi Raija nilkkaansa venytellen.

Onneksi minibaari oli sängyn toisella puolella, sillä Raija ei todellakaan halunnut miehen näkevän lelua. Hän sai sen juuri sopivasti laukkuun, mutta ei ehtinyt sulkea laukkua ennen kuin Kurt katseli hänen yläpuolellaan oluttölkki kädessä. Mies ehti nähdä aseen.

Raija näki Kurtin kivikovan ilmeen, kun hän tarttui laukkuun ja veti sen itselleen. Raija yritti ottaa sen takaisin, mutta mies löi häntä kasvoihin niin, että hän horjahti selälleen lattialle.

"Älä nyt Kurt-Ola hermostu. Ei se ole oikea ase. Se on vain lelu..." huusi Raija kyyneleet silmissä.

"Taidat pitää minua ihan idioottina! Tietysti se on leikkiase. Kiinnostaa vain kovasti tietää mistä rouva on saanut sen haltuunsa ja miksi se on täällä mukana", vastasi Kurt terävästi.

Kun Raija ei vastannut mitään Kurt löi häntä uudelleen niin että huulesta alkoi vuotaa verta.

"Löysin sen museon roskiksesta", nyyhkytti Raija.

"Käsittämätön raivokohtaus lelupistoolista!" hän ihmetteli mielessään, kun huomasi, että äkkiä jokin oli muuttunut.

Kurt-Ola piti pistoolia kädessään hyväillen sitä ja puhellen sille hiljaa kuin kauan kadoksissa olleelle ystävälle. Näky oli irvokas ja sai Raijan voimaan pahoin. Pahoinvointia lisäsi se, että hän oivalsi jotain. Jos Kurt- Ola tunnisti pistoolin omakseen, se merkitsi sitä, että koko kassi sisältöineen oli hänen.

Mies oli vielä täysin aseen lumoissa, ja Raija alkoi perääntyä kohti ovea pieni askel kerrallaan. Samalla hetkellä, kun hän tarttui kahvaan, Kurt-Ola syöksyi hänen luokseen tarttuen molemmin käsin hänen kurkkuunsa.

"Meillä jäi jutut kesken. Et sinä vielä voi lähteä!" mies sanoi teeskennellyn kohteliaasti. "Museon roskiksesta siis löysit tämän pyssyn. Missä päin museota?"

"Onko sillä paljoakaan väliä, mistä tuollainen lelu on löytynyt? Saat ihan rauhassa pitää sen."

"Kysyin jotain ihan muuta!" sanoi Kurt ja tiukensi otetta.

"Jos se on nyt pakko saada tietää, niin se oli museon parkkipaikan roskiksessa. Ensin luulin, että se on oikea ase ja ajattelin viedä poliisille, mutta kun huomasin, että se oli lelu, panin vain laukkuun. Se on kuitenkin aika oikean näköinen ja joku voisi tehdä sillä vaikka ryöstön tai jotain", Raija selitti ja toivoi johtaneensa miehen ajatukset pois museosta ja rahojen kätköpaikasta.

Kurtin ilme oli pehmennyt ja ote kaulalta hellitti. Mies palasi sängylle ja otti aseen uudelleen hyväiltäväkseen.

Koulun näytelmäkerhon opetukset eivät olleet menneet hukkaan ja Raija tunsi voitonriemua, kun mies tuntui pitävän häntä rehellisenä.

Tunnelma oli täysin muuttunut ja Raija halusi vain lähteä. Hän palasi vuoteen vierelle ja nosti laukkunsa lattialta. Kurt oli heittäytynyt vuoteelle selälleen ja hyväili leikkipyssyä kädessään tavalla, joka olisi voinut herättää mustasukkaisuutta, jos Raijalla yhä olisi ollut tunteita tuota sairasta miestä kohtaan.

"Minä tästä lähdenkin sitten..." hän sanoi kävellessään kohti ovea.

Kurt ei enää tuntunut huomaavan mitään muuta kuin leik-kiaseensa. Sulkiessaan oven, Raija näki kyynelten virtaavan miehen poskilla. Aivan pienen hetken hän tunsi halua men-nä lohduttamaan miesraukkaa, mutta kipu kaulalla muistutti häntä todellisuudesta ja hän sulki oven.

&

Myllerrykset Kurt Kurhin mielessä olivat lopulta johta-neet siihen rauhantunteeseen, jonka vanha lelu valoi hänen sydämeensä. Lopulta hän nukahti ase kädessään levollisem-paan uneen kuin pitkään aikaan.

Vasta kuudelta aamulla hän heräsi maatessaan edelleen täysissä pukeissa hotellin mukavassa vuoteessa. Leikkipis-tooli oli hänen vierellään ja palautti mieleen illan kuviot. Jos Raija oli puhunut totta, kun kertoi löytäneensä pistoolin museon roskakorista, se todisti varsin todellisiksi hänen epäilyksensä Kaijan suhteen. Koska ase kerran löytyi muse-olta, oli enemmän kuin todennäköistä, että rahatkin löytyi-sivät sieltä.

Kurt tarttui puhelimeensa ja soitti Dimitrille.

"Moi Dimitri! Olisi korkea aika panna se museotäti laula-maan!"

"Kurt! Ollaan juuri ajelemassa moottoritietä. Ei se ihan nyt juuri onnistu!" vastasi Dimitri.

"Eikö siellä muka ole pysähdyspaikkoja?" kysyi Kurt karskisti, "se nainen on nyt saatava puhumaan keinolla millä hyvänsä! Ymmärrätkö? Ja soitat heti, kun tiedät jotain. Sen jälkeen päästät molemmat akat pois päiviltä!"

Vasili ohjasi pakun seuraavaan levähdyspaikkaan, joka oli mukavan suojaisa ja poissa tiellä ajavien näköpiiristä.

Maarit ja Kaija olivat valmiina. Maarit ottaisi oikealla puolella olevan miehen renkaan avulla ja Kaija käyttäisi varoituskolmiota vasemmalta lähestyvään.

Liukuovi auton sivussa oli mietityttänyt heitä, mutta he arvelivat, ettei se toimi, koska miehet käyttivät vain takaovea. Juuri kun auto oli pysähtynyt Maarit kokeili ovea ja huomasi, että sen sai auki sisäpuolelta. Kun ohjaamon ovet avautuivat, he olivat aivan hiljaa ja odottivat. Miehet keskustelivat kiivaasti keskenään ja kävelivät kauas autosta.

"Tupakkatauko varmaan", ehdotti Maarit

"Varmaan, kun eivät edes käyneet vilkaisemassa meitä. Ovatkohan ne niin kaukana, että voitaisiin juosta tuosta sivuovesta ulos ja tielle."

Maarit nousi kangistuneiden jalkojensa varaan nähdäkseen takaikkunasta kuinka kaukana miehet olivat.

"Ne on ainakin kymmenen metrin päässä. Tupakalla niin kuin arvattiin. Jos saadaan ovi niin hiljaa auki, etteivät huomaa, voidaan päästä mainiosti liikkeelle."

Kaijakin nousi seisomaan saadakseen verensä kiertämään. Nyt ei olisi varaa kompuroida.

"Tuolla etupuolella on metsikkö ja miehet on takana. Suunnataan suoraan metsään. Miehillä tuntuu riita vain kiihtyvän ja liikenteen melukin varmasti auttaa meitä. Oletko valmis?" kysyi Maarit.

"Olen! Otan tämän kolmion mukaan, jos kuitenkin tarvitaan asetta."

"Hyvä! Nyt mennään! Tule ihan perässä!"

He hiipivät auton viertä sen eteen ja siitä rauhassa metsän reunaan ja vasta sitten he alkoivat juosta. Katkenneet oksat paukahtelivat jaloissa ja he lisäsivät vauhtia peläten miesten olevan heidän kintereillään.

Miesten riita oli yltynyt lähes käsikähmäksi eivätkä he huomanneet naisten lähtöä. Sen sijaan siihen kiinnitti huomiota tiellä ajanut poliisipartio, joka oli pysäköinyt pakettiauton viereen ennen kuin Vasili ja Dimitri huomasivat sitä. Toinen poliiseista yllätti ase kädessä riitelijät ja toinen tutki auton joka kertoi selkeää tarinaa siitä, että miehet olivat kuljettaneet pakoon juosseita naisia sidottuna tuntemattomaan päämäärään ja tuntemattomasta syystä.

Vasili ja Dimitri olivat nopeasti käsiraudoissa poliisiauton takapenkillä matkalla Karlstadin poliisiasemalle. Dimitrin kännykkä soi, mutta poliisi takavarikoi sen ja näki soittajan olevan Kurt Kurhi. Nimessä oli jotain tuttua.

Samaan aikaan, kun Vasili ja Dimitri suljettiin Karlstadin poliisiaseman tunkkaiseen putkaan tulkkia odottelemaan toinen poliisipartio löysi uupuneet naiset metsiköstä.

Poliisit yrittivät saada selvää tapahtumista, kun Maarit tulkkasi Kaijan värikästä kertomusta siitä kuinka oli alun alkaen joutunut siepatuksi ja lentänyt Ruotsiin venäläismiesten kanssa, jotka nyt olivat pidätettyinä putkassa.

Poliisi tuli aivan samaan johtopäätökseen kuin Kaijakin: Missään ei ollut mitään järkeä!

Sieppaaja Kurt-Ola Gustafsson oli mysteeri, sillä sellainen henkilö ei ollut milloinkaan ollut missään tehtävissä Tukholman historiallisessa museossa. Poliisit tarkistivat asian vielä senkin jälkeen, kun Maarit vakuutti tuntevansa kaikki museon siivojat yli kymmenen vuoden ajalta.

Kerrottuaan kaiken mitä tiesi, Kaija pyysi saada soittaa Maralle, joka oli Tukholmassa häntä hakemassa. Poliisi ojensi hänelle kiireesti puhelimen.

&

Alfons heräsi levottomasta unesta, jossa oli vihreä laukku ja näkymätön lanka, joka veti sen kauemmas juuri kun hän oli tarttumassa siihen ja joka kerta häneltä putosi yksi sormi. Hänellä oli enää peukalot jäljellä, kun hän heräsi molemmat kädet puutuneina nukuttuaan niiden päällä.

Vuoteen vieressä istui vanha nainen, joka hymyili herttaisesti ja tarttui hänen turtuneeseen käteensä.

"Äiti! Sinäkö se olet?" Alfons kysyi tuskin kuuluvalla äänellä.

"Ei kultaseni, äitisi on valitettavasti kuollut kauan sitten", vastasi vanhus silmät kyynelissä.

"Enkö minä siis olekaan kuollut?" ihmetteli Alfons.

"Et ole! Olet elossa ja toipumassa oikein hyvin. Olen sitä paitsi oppinut eräältä nuorelta mieheltä, etteivät kuolleet tiedä mitään, mutta kerron siitä myöhemmin", sanoi Karin vilkaisten takanaan seisovaan mieheen hymyillen.

"Kuka te olette?" Alfons kysyi.

"Olen sinun Karin-tätisi, enkä ole tavannut sinua milloinkaan ennen. Sinun Martta-äitisi oli minun sisareni. Tein jotain hyvin tyhmää nuorena, enkä ole ollut sen jälkeen yhteydessä perheeseeni. En edes tiennyt sinun olevan olemassa ennen kuin poliisilaitokselta soitettiin ja kerrottiin. Meillä on vaikka kuinka paljon keskusteltavaa, kun olet toipunut riittävästi. Vähitellen kaikki asiat selviävät."

"Vähän muisti pätkii, mutta taisin olla aika pahassa onnettomuudessa, johon liittyi joku toinen ihminen, jonka ajatteleminen pelottaa."

"Pian varmasti muistat ihan kaiken ja täällä olet turvassa, eikä tarvitse pelätä ketään. Toin vähän mustikkakeittoa ja hedelmiä. Ne ovat teveellisiä. Alfons, äitisi oli minulle tosi rakas ja olisin monta kertaa halunnut kertoa sen hänelle", jatkoi Karin antaen lämpimän suukon Alfonsin poskelle.

Karin ja Sven poistuivat huoneesta käsi kädessä luvattuaan palata uudelleen heti seuraavana päivänä.

# &

Mara katseli Tukholman Historiallisen museon massiivista päärakennusta ihmetellen mistä löytäisi henkilökunnan sisäänkäynnin.

Pihalla oli pakettiauto, jonka kyljessä oli Kaijan kertoman siivousyrityksen nimi. Auton vierellä seisoi hätääntyneen näköisenä mies, joka keskusteli muutaman poliisin kanssa. Mara kiirehti heidän luokseen. Hän mietti miten esittelisi itsensä ja saisi kerrottua etsivänsä vaimoaan, joka oli tuotu sieppauksen yhteydessä Tukholmaan.

Lähestyessään ryhmää, kaikki kääntyivät häneen päin keskeyttäen keskustelunsa. Mara lähestyi heitä ojentaen kättä tervehdykseen ja oli helpottunut, kun ensimmäinen esittäytyi Paavoksi.

Paavo esitteli hänet poliiseille ja kertoi sitten Maralle, että näytti siltä, että Kaija oli jälleen siepattu ja Paavon vaimo Maarit samoin. Hän kertoi pakettiautosta, jonka oli nähnyt pihaan ajaessaan ja yrityksistään soittaa vaimolleen viedäkseen hänet lounaalle.

Kun Paavo oli kertonut tietonsa, Maran puhelin soi. Soittajan numeroa ei näkynyt ja se sai Maran huolestumaan. Soittaisiko sieppaaja lunnasvaatimuksista? Hän vilkaisi kysyvästi poliiseja, jotka nyökkäsivät hänelle kehottaen vastaamaan.

"Mara, oletko se sinä... Minä täällä, Kaija. Olen ihan kunnossa, mutta kaukana Karlstadissa poliisiasemalla.

Miehet saatiin kiinni vähän sen jälkeen, kun päästiin Maaritin kanssa pakoon."

Hymyillen Mara kuunteli vaimonsa ääntä kuin lumoavan kaunista musiikkia, kunnes huomasi Paavon hätääntyneen katseen ja huomasi kysyä oliko Maaritkin kunnossa. Saatuaan vielä kuulla, että naiset tuotaisiin yksityiskoneella Tukholmaan niin pian kuin mahdollista, hän lopulta malttoi antaa puhelimen Paavolle, jotta hänkin saisi puhua oman vaimonsa kanssa.

&

Ei ollut lopultakaan vaikeaa tulla siihen johtopäätökseen, että Ruotsin poliisin etsimä Kurt Kurhi ja Kaijan siepannut Kurt-Ola Gustafsson olivat yksi ja sama henkilö.

Vasilia ei ollut vaikea suostutella kertomaan melko yksityiskohtaisesti Kurtin suunnitelmaa Karlstadin poliisille. Etenkin, kun hänelle vakuutettiin, että se kuinka avomielinen hän olisi vaikuttaisi merkittävästi hänen saamaansa tuomioon.

Myös Aarno Laitapuoli sai puhelun Ruotsista ja vakuuttui asiasta, jonka oli myös kuullut jo Alfons Härmältä, joka juuri oli kertonut kaiken mitä muisti kohtalokkaan päivän tapahtumista. Miehen osoitetta tuntui olevan mahdoton löytää, mutta Aarno luotti vävynsä Asko Köysisillan poliisitaitoihin.

Museon liepeille komennettiin partioita, joiden oli valvottava yötä päivää aluetta, kunnes Kurhi löytyisi. Alfons Härmän turvaksi lisättiin myös sairaalaan poliiseja.

Laitapuoli istui autossaan miettien kokonaisuutta. Asiassa alkoi olla tolkkua.

Kurt Kurhi oli rahoineen kaupungissa ja aluksi piilottanut rahat metsään. Alfons oli palkattu hakemaan rahat, mutta tehtävä epäonnistui, koska laukkua ei ollut ilmoitetussa paikassa. Alfons uskoi nähneensä laukun naisilla, jotka olivat sauvakävelemässä. Sitten hän seurasi naisia Kurttusten osoitteeseen ja oletti kassin olevan Kaijalla. Mies oli seurannut Kaijan sinistä autoa.

"Mutta... eihän Kaijalla ole sinistä Peugeotia. Kurttusilla on kaksi Mersua. Se jatkettu musta ja pienempi vaalea", muisti Aarno.

Hän muisti, että kun oli puhetta Kaijan siskon Maijan autosta, niin sehän oli sininen Peugeot. Juuri siitä autosta vietiin Säteen urheilukassi, joka oli vihreä, kuten Kurhin rahakassi Alfonsin mukaan.

Marahan kertoi, että Maijalla oli myös ollut urheilukassi, jota hän oli vaalinut niin, ettei Mara saanut auttaa sen kantamisessa.

Kun Kaija sitten katosi, sieppaaja vaati Maraa tuomaan vihreän kassin sisällön leluineen. Mara vei Kaijan uuden vihreän kassin, jossa oli museon kansioita ja myös pari lelua. Mitä sieppaaja niillä teki?

Komisario Laitapuoli syytti itseään huolimattomuudesta oltuaan niin pitkään näkemättä yhteyttä vihreiden kassien välillä.

Huolestuttavinta asiassa oli, että Kaijan sisko näytti olevan osallisena tässä jutussa. Hänen oli pakko kuulustella Maijaa heti ja selvittää kenen kanssa hän oli ollut lenkillä kassin löytäessään.

&

Karin kertoi onnellisena Svenille tunteistaan sisarenpoikaansa kohtaan heidän ollessa poistumassa käsi kädessä sairaalasta kohti ulko-ovea. Hän oli niin innoissaan, että miehen yhtäkkinen ahdistunut ilme jäi häneltä täysin huomaamatta. Lopulta hän tajusi, että hänen ystävänsä oli lähellä itkua.

"Sven, rakas ystäväni! Mistä oikein on kysymys? Mikä painaa mieltäsi?" Karin kysyi ja ohjasi miehen istumaan käytävän penkille.

Karin ei hoputtanut, vaan odotti kärsivällisesti, että Sven olisi valmis puhumaan mieltään painavasta asiasta.

"Anteeksi Karin, että pilaan sinun ilonhetkesi! Se vain toi mieleeni oman täydellisen epäonnistumisena isänä ja puolisona. Tiedätkö, että olen ollut hirveä? Olin julma mies! Löin vaimoani ja pientä Kurt-poikaani ja vain ihmeen kaupalla en tappanut heitä humalapäissäni. Häpesin itseäni aina jälkeenpäin ja se sai minut vain juomaan enemmän ja käyttäytymään vielä julmemmin."

"No nyt selvisi, miksi en saa sinusta seuraa viinilasilliselle", sanoi Karin rauhallisesti.

"Niinpä. En juo tippaakaan alkoholia enää koskaan! Se pilasi perheeni. Lopulta vielä aivan nuori poikani ajoi minut kotoa aseella uhaten ja sanoi tappavansa minut, jos menen lähellekään häntä tai hänen äitiään. Olin vakuuttunut, että hän oli tosissaan. En enää koskaan nähnyt heitä ja elämäni tarkoitukseksi tuli juoda itseni kuoliaaksi. Olin sillä tiellä, kun tajusin, etten haluakaan kuolla. Järkiintymiseni tapahtui nähtyäni erään kadulle kuolleen kodittoman miehen. Jäin katsomaan häntä ja päätin samantien muuttaa suuntaa."

"Se oli hieno päätös, muuten et olisi siinä", sanoi Karin kyynelten kimaltaessa silmissä.

"Taistelu oli rankkaa, enkä onnistunut ensimmäisellä yrityksellä. Lopulta tajusin, että en pysty siihen yksin ja hakeuduin hoitoon. Olen ollut raittiina jo yli kaksikymmentä vuotta, mutta en ole uskaltanut ottaa yhteyttä perheeseeni. Tiedän sitäpaitsi vaimoni kuolleen joitakin aikoja sitten. Poikaan olen tutustunut vain lehtien välityksellä. Ruotsissa lehdet ovat kirjoitelleet hänestä paljon, vaikka viime aikoina ei niin kovin hyvää. Olisin monta kertaa halunnut ottaa häneen yhteyttä ja pyytää anteeksi, mutta en ole pystynyt siihen. Karin, minä olin todella paha ihminen! Olisin voinut olla murhamies!"

Karin katseli myötätuntoisesti Sveniä eikä voinut uskoa hänestä sellaista, josta hän juuri kertoi. Hän oli nähnyt vain huomaavaisen ja kiltin miehen, joskin oli silloin tällöin aistinut syvän surun hänen olemuksessaan.

Sven katsoi miettiväästä Karinia ja pelkäsi rehellisyydenpuuskassaan menettävänsä rakkaan ystävänsä ja sanoi:

"Uskotko, että olen todella muuttunut? En enää edes tunne sitä miestä, joka olin silloin."

"Kyllä minä uskon! Olen minä itsekin nähnyt matkan varrella kuinka alkoholi muuttaa hyviä ihmisiä pedoiksi", Karin vastasi vilpittömästi.

Sven kertoi vielä kuinka oli yrittänyt olla osa poikansa elämää lukemalla hänestä, mutta viime aikoina hänestä ei ollut juuri kirjoitettu mitään.

"Kun sain lukea hänestä, tunsin olevani mukana hänen elämässään, mutta tällä hetkellä olen kadottanut hänet ja välillä pelkään, että hän on kuollut."

"Me otamme siitä yhdessä selvää", lupasi Karin ja jäi ihmettelemään mitä Sven tuijotti.

Ovella seisoi komea mies, joka oli tulossa sisään.

"Se on Kurt! Näetkö? Tuolla ovella. Kuinka tämä on mahdollista?" hän sanoi osoittaen sormellaan miestä.

Karin uskoi Svenin kuvittelevan, kun mies lähestyi ja käveli ohitse kiinnittämättä heihin mitään huomiota.

Karinin oli pakko myöntää, että kysymyksessä täytyi olla Svenin lehtileikkeiden mies. Yhdennäköisyys oli täysin selvä hänen näkemiensä kuvien kanssa. Hän oli todellakin Kurt Kurhi, Sven Kurhin poika. He lähtivät seuraamaan miestä. Kun hissi missä mies oli, meni kolmanteen kerrokseen, he menivät toiseen hissiin ja seurasivat perässä samaan kerrokseen.

Perillä he yrittivät nähdä mihin mies oli mennyt, mutta käytävässä näkyi vain vartija. Karin meni kysymään Alfonsin ovella istuvalta vartijalta oliko hän nähnyt miestä. Vartija sanoi, että ainoa vierailija tällä hetkellä on Alfonsin veli, joka parhaillaan on hänen luonaan.

"Ei Alfons tiennyt mistään veljestä?" ihmetteli Karin.

Vartija, joka oli Laitapuolen tehtävään määräämä poliisi, nousi nopeasti ja avasi huoneen oven. Hän näki miehen pitävän tyynyä Alfonsin kasvojen päällä. Karin ja Sven näkivät, että se oli Kurt ja Karin alkoi kirkua. Sven huusi:

"Kurt! Mitä sinä oikein teet?"

Kurtin ilme jähmettyi ja hän irrotti otteensa tyynystä. Alfons korisi ja hengitti raskaasti. Poliisi oli avannut oven viime hetkellä.

Kurt katsoi kauhuissaan isäänsä ja perääntyi huoneen takimmaiseen nurkkaan. Hän veti esiin pistoolin osoittaen isäänsä ja huusi:

"Pysy kaukana tai ammun!"

Vaikka Sven luuli pistoolia oikeaksi hän käveli suoraan kohti poikaansa ja sanoi:

"Kurt! Voit olla aivan rauhassa. Minä en ole enää se ihminen kuin olin ennen. Anna pistooli minulle, ole kiltti!"

Poliisi, joka oli seurannut tilannetta huomasi Kurtin epäröivän ja juoksi hänen luokseen ja nappasi aseen. Kurt käpertyi nurkkaan ja itki kuin se lapsi, joka oli pelännyt isäänsä.

"Tämä on leikkipyssy! Onpa aidon näköinen!" huomasi poliisi.

Sven meni poikansa luo ja silitti hänen päätään ja he molemmat itkivät.

"Anna anteeksi, poikani! Voitko ikinä antaa anteeksi? Mitä olenkaan tehnyt sinulle?" hoki Sven.

Poliisin lisäjoukot olivat tulleet paikalle ja Asko Köysisilta irrotti Svenin otteen ja laittoi Kurtille käsiraudat.

Huoneeseen jäi outo tilanne, kun Karin istui Alfonsin vierellä lohduttamassa häntä ja kaksi sairaanhoitajaa pyöri ympärillä. Huoneen ainoassa nojatuolissa istui murtunut vanhus, joka itki lohduttomasti.

&

Raija istui bussissa naama punoittaen ja huuli turvonneena Kurtin lyöntien jäljiltä. Hotellista lähdettyään hän oli ensin ajatellut mennä suoraan kotiin, mutta päättikin mennä hakemaan rahat ennen kuin Kurt-Ola ehtii tehdä sen.

Raija hätkähti museon ulkopuolella kävelevää poliisia, mutta poliisi ei kiinnittänyt hänen mitään huomiota, kun hän korttiaan käyttäen avasi henkilökunnan oven.

Sisällä oli hiljaista ja Raija pääsi siivouskomeroon kohtaamatta ketään. Hän kaivoi nurkasta molemmat mustat säkit ja siirsi rahat takaisin kassiin ja oli taas hetken päästä ulkona ja käveli bussipysäkille.

"Toivottavasti Tapsa on pubissa", hän toivoi.

Avatessaan kotioven hän huomasi, ettei hänen toiveensa toteutunut. Tapio oli vasta lähdössä. Huomatessaan Raijan kovia kokeneet kasvot hän kysyi:

"Mitä sinulle on tapahtunut? Miksi naamasi on tuon näköinen?"

"Siivous ei ole minun juttu. Harjan varsi osui naamaan. Se on oikeastaan kokonaan sinun vikasi, senkin luuseri. Jos sinä et pelkästään makaisi kotona, en joutuisi käymään orjatyössä. Pubiin lähdössä taas vai?" sivalsi Raija.

"Ajattelin, kun ei oikein muutakaan ja pitäisi tavata Kurt... mikä laukku sinulla on?"

Raija hätkähti eikä se jäänyt Tapiolta huomaamatta.

"Maijan treenikassi. Minä lupasin tuoda sen meille, kun se lähti suoraan johonkin Anteron työjuttuihin. Anterolla katsos on *työ,* jos satut muistamaan mitä se sana tarkoittaa", Raija motkotti saadakseen Tapion huomion pois kassista.

Hän heitti kassin eteisen kaappiin ja meni keittiöön keittämään kahvia.

Tapion uteliaisuus laukun suhteen oli herännyt ja Raijan mentyä keittiöön hän avasi hiljaa kaapin oven ja veti kassin vetoketjun auki.

Huudahdus purkautui hänen huuliltaan, kun hän näki rahat:

"Ei voi olla totta!"

Raija juoksi eteiseen ja näki miehensä seisomassa suu auki ja pidellen rahanippua kädessään.

"Noin utelias sitten olet näköjään!" Raija rähisi.

Tapsa ei ollut kuulevinaan, vaan vaati selitystä. He menivät keittiön pöydän ääreen ja Raija kertoi koko jutun.

Heti alkumetreillä Tapio tiesi, että kyseessä oli Kurtin rahat, jotka Alfonsin oli tarkoitus hakea. Raija tunnusti senkin, että oli huijannut Maijaa lupaamalla viedä rahat poliisille. Tapsa piti sitä erinomaisena juttuna, sillä heillä kyllä oli käyttöä rahoille.

Taktiikka piti vain suunnitella.

"Meidän on pakko häipyä kaupungista. Tällä hetkellä nämä ovat niin kuumia rahoja, että jäädään kiinni todella helposti. Onko meidän passit voimassa?" sanoi Tapio.

"Hankittiin kymmenen vuoden passit, kun oltiin menossa Hawaijille, mutta ei sitten mentykään, kuten aina, kun sun kanssa jotain suunnittelee", Raija ilmoitti ollen taas oma itsensä.

"No. Nytpä mennään sitten Hawaijille, kultaseni. Katsotaan joku äkkilähtö ja mitä nopeammin päästään matkaan, sen parempi."

Pikaisin lähtö oli kahden päivän kuluttua ja he varasivat sen päättäen sitä ennen mennä asumaan hotelliin, ettei heidän jäljilleen olisi niin helppo päästä.

He pakkasivat kaksi matkalaukkua ja piilottivat rahoja vaatteiden sekaan. He piilottivat rahanippuja myös päällä oleviin vaatteisiinsa.

&

Maija ja Antero olivat taas kotona ja huomasivat heti puhelimeen tulleen viestejä. Johtaja Pellervo Pöntinen oli ensimmäinen ääni, jonka he kuuntelivat:

"Tervetuloa kotiin! Toivottavasti nautitte risteilystä. Olemme löytäneet mukavan talon teille aivan Anteron työpaikan läheltä. Ottakaa yhteyttä, niin kerron tarkemmin. Siinä on uima-allaskin. Tellervolta terveisiä. Kuullaan!"

Toinen viesti kuului näin:

Komisario Laitapuoli tässä. Maija Pörhölä, voisitko soittaa minulle heti kun tulet kotiin?"

Maija pelästyi.

"Mitä komisariolla voi olla minulle asiaa? Raijahan palautti sen rahalaukun ja lupasi olla kertomatta, että olin mukana. Toivottavasti se on jotain muuta", hän mietti.

Myös Antero oli ihmeissään ja oli sitä mieltä, että Maijan pitäisi soittaa heti ja varmistaa, mitä asia koskee.

"Soitan huomenna virka-aikaan", lupasi Maija.

Maija otti puhelimensa ja meni kodinhoitohuoneeseen soittamaan Raijalle, mutta ei tavoittanut häntä. Samalla hän tarkasti, että rahakassi varmasti oli poissa. Hän toivoi, että Raija oli ollut sanojensa mittainen ja Laitapuolen asia koskisi aivan jotain muuta.

&

Paavo ja Mara saivat kyydin Bromman lentokentälle odottamaan puolisoidensa saapumista. Marasta tuntui kuin ei olisi kuukausiin nähnyt vaimoaan ja tunsi sekä liikutusta, että kihelmöivää jännitystä. Tunne muistutti aika paljon sitä, minkä hän oli kokenut ensimmäisillä treffeillä Kaijan kanssa.

Maran puhelin soi jälleen ja hän näki, että soittaja oli Aarno Laitapuoli. Puhelimen akku oli lähes tyhjä, joten hän kertoi komisariolle vain lyhyesti kaiken olevan hyvin.

Ruuhkassa matka sujui tuskastuttavan hitaasti ja Mara tunsi itsensä hermostuneeksi, vaikka tiesi heidän joka tapauksessa ehtivän ajoissa.

He joutuivat lopulta odottamaan kokonaisen tunnin ennen kuin kone laskeutui Bromman lentokentälle. Nälkäisinä he päättivät ajan riittävän mukavasti syömiseen lentokentän ravintolassa.

Poliisit jättivät Maran ja Paavon kahdestaan ja menivät toiseen pöytään. Keskustellessaan miehet huomasivat heillä olevan paljon yhteistä. Tosin Paavolla ja Maaritilla oli vain kaksi tytärtä, jotka olivat jo aikuisia ja perustaneet omat perheensä. Kolmekymppinen Carmen, heidän esikoisensa, oli jo kuuden lapsen äiti. Aida, joka oli nuorempi sisaruksista oli vasta muutaman kuukauden ollut naimisissa ja perheeseen odotettiin ensimmäistä lasta.

Mara huomasi heti nimien viittaavaan oopperainnostukseen ja Paavo myönsi sen pitävän paikkansa. He olivat itse asiassa tavanneet Maaritin kanssa oopperassa, kylläkin suursiivouksen merkeissä. Myöhemmin, kun he perustivat siivousyrityksensä, ensimmäinen kohde olikin ollut juuri Ooppera. Siellä he lopulta rakastuivat myös oopperamusiikkiin ja olivat käyneet katsomassa lähes kaikki esitykset. Mara kertoi omasta maalaamisestaan yrittäen säilyttää vaatimattomuutensa kertoessaan muutamien näyttelyiden saamista hyvistä arvosteluista.

Keskustelu oli niin intensiivistä, että he olivat ihmeissään yhden poliiseista tullessa kertomaan, että kone oli jo laskeutunut.

Poliisit katsoivat hymyillen jälleennäkemisen riemua molempien pariskuntien kohdalla, mutta sanoivat sen jälkeen, että heidän valitettavasti täytyi vielä vaivata rouvia saapumaan heidän kanssaan poliisiasemalle. Matkalla he kertoivat Kurt Kurhin olleen etsintäkuulutettuna Ruotsissa jo pitkään, epäiltynä murhasta. He tarvitsivat kaikki pienetkin yksityiskohdat sieppauksesta asian selvittämisessä.

Mara tajusi, etteivät he millään tulisi ehtimään hänen varaamalleen lennolle kotimatkaa varten. Poliisiasemalta hän soitti kotiin ja kertoi tilanteen. Tatjana ei pitänyt ongelmana jäädä lasten kanssa yöksi, vaan sanoi tekevänsä sen ilomielin.

&

Karin ja Sven olivat palanneet Samovaari-kotiin. Sven oli hiljainen ja vain tuijotti eteenpäin lasittunein silmin. Karin oli hyvin huolissaan miehen tilasta. Hän yritti kuvitella miltä tuntuisi olla Svenin asemassa ja kohdata poikansa sellaisessa tilanteessa ja kaiken lisäksi saada selville, että hän oli jo aikaisemmin syyllistynyt murhaan.

Asiaa luultavasti pahensi vielä se, että Svenin oma poika oli uhannut juuri Karinin siskonpojan henkeä.

Ennen kaikkea häntä painoi syyllisyys, sillä hän tiesi olevansa syyllinen poikansa vääriin valintoihin tekemällä niitä itse silloin, kun hänen olisi pitänyt olla isä. Nyt kaikki oli myöhäistä.

Karin ei puhunut paljon, mutta muistutti miestä siitä mitä olisi tapahtunut, jos hän olisi ollut yksinään katsomassa Alfonsia. Hän ei olisi tunnistanut Kurtia ja Alfons olisi kuollut. Hän muistutti Sveniä siitä kuinka rohkeasti hän oli kulkenut kohti asetta tietämättä, ettei se ollut oikea.

Saatellessaan Sveniä omaan huoneeseensa nukkumaan, Karin päätti olla miehen tukena niin kauan kuin pystyi. Yhdessä he auttaisivat myös Alfonsia elämässä eivätkä unohtaisi Kurtia ja hylkäisi häntä, mitä hänen edessään sitten olikin.

&

Aarno Laitapuoli seurasi Kurt Kurhin kuulustelua, jonka Asko Köysisilta hoiti.

Ruotsin poliisin tiedot siitä, että miehet olivat yhteistyössä Kurt Kurhin kanssa, lukitsi lopullisesti Kaijan sieppauksen yhteen rahakassin kanssa.

Hän päätti keskittyä kuulusteluun:

"Miksi yritit tappaa Alfons Härmän?

"Tyyppiä suositeltiin hoitamaan minun raha-asioita, mutta se tyri kaiken. Pelasi niiden muijien pussiin eikä muka tiennyt mitä minun rahoille tapahtui."

"Kenestä muijista puhumme?"

"No, siitä Kurttuskasta ja sen lemmenkipeästä siskosta, Möttöskästä. Kurttuska pestas siskonsa jopa siivoomaan museoon, että pääsivät oikein juonimaan. No, meikäläinen järkkäs sitten itsensäkin sinne duuniin ja oikeilla jäljillä oltiin."

"Miten niin oikeilla jäljillä?"

"En minä siitä Kaijasta kyllä mitään saanut irti, mutta systeri, se Raija, oli helpompi tapaus. Sitä, kun vähän vokottelin, niin oli kuin sulaa vahaa..."

"Mitä sitten selvisi?"

"Oli monenlaista kuvioo ja sitten minä vein sen friidun hotelliin. Oli sen verran lemmenkipee, niin kuin jo sanoin, ettei tarttenu paljon yllyttää. Sitten minä löysin sen laukusta aseeni, ton leikkipyssyn. Se tarkotti, että niillä muijilla oli mun rahatkin, kun ne oli samassa kassissa."

Laitapuoli oli kuullut tarpeeksi ja varmistui Raija Möttösen olevan mukana tapauksessa. Hän jätti Askon jatkamaan kuulustelua ja pyysi autonsa oven eteen. Hän komensi mukaansa poliisin, joka seisoskeli kahviautomaatin vieressä toimettomana. Autossa hän selvitti Möttösten osoitteen ja nuori poliisi pani sinisen vilkun päälle ja ajoi vauhdilla kohti Möttösten lähiötä.

Yleiskoodilla he avasivat alaoven ja menivät käytävään. Möttösellä oli aivan hiljaista mutta kun poliisi kurkisti postiluukusta hän näki valon palavan eteisessä. Aarno soitti ovikelloa vaativasti. Naapurioven ovisilmästä kurkattiin, mutta Möttösellä oli vieläkin hiljaista. Laitapuoli potkaisi ovea ja soitti ovikelloa uudelleen vielä vaativammin. Laahustavat askeleet lähestyivät ovea ja naisen uninen ääni kysyi:

"Kuka siellä?"

"Poliisi. Avatkaa ovi, olkaa hyvä!" ehätti nuori konstaapeli antamaan komennon.

"Näyttäkää virkamerkki ovisilmästä!" nainen vaati.

Laitapuoli oli jo ottanut merkin käteensä ja laittoi sen ovisilmän eteen ja ovi avautui juuri sen verran kuin turvaketju antoi myöten.

"Mitä asiaa teillä on? Miksi herätätte meidät? Ollaan oltu jo vaikka kuinka kauan nukkumassa."

Laitapuoli tarttui oveen ja vaati avaamaan sen kunnolla. Nopeasti päälle vedetyn aamutakin alta paljastui bleiseri, jota se ei pystynyt täysin peittämään. Taka-alalla seisoi mies joka oli puku päällä.

"Rouva Möttönen. Tunnette tiettävästi henkilön nimeltä Kurt-Ola Gustafsson alias Kurt Kurhi."

"Gustafsson on työkaveri, en siitä mitään sen enempää tiedä", vastasi Raija oikopäätä.

"Tämä Kurhi on vakuuttunut siitä, että teillä on hallussa hänen rahakassinsa. Pitääkö se paikkansa?" Laitapuoli kysyi.

"Mistä se sellaista on keksinyt?" kysyi Tapio.

Raija koki parhaaksi kertoa sauvakävelyretkestään ja siitä kuinka se oli Maija, joka löysi kassin eikä hän. Laitapuoli keskeytti ja sanoi haluavansa jatkaa keskustelua poliisilaitoksella. Nolona he tyhjensivät taskunsa ja laittoivat rahat takaisin vihreään kassiin.

Nuori konstaapeli oli huomannut pakatut matkalaukut ja vaati myös niitä avattavaksi, joten lopulta kaikki rahat menivät takaisin kassiin.

Istuessaan poliisiautossa Raija oli eniten huolissaan siitä, että Kurt saattaisi paljastaa hänen hotellissa käyntinsä.

&

Aamulla Maija soitti jälleen Raijalle huonoin tuloksin. Hän päätti soittaa Laitapuolelle peläten pahinta. Hän oli melko varma, ettei Raija ollut pitänyt sanaansa ja se merkitsi sitä, että hän oli saattanut pilata hänen ja Anteronkin elämän.

Kun komisario Laitapuoli vastasi puhelimeen, hän oli jo melko varma siitä, ettei Maija ollut sekaantunut asiaan sen enempää kuin, että oli alkujaan löytänyt laukun ja vienyt kotiinsa.

"Halusin vain vähän haastatella sinua siitä Raijan hallusta löytyneestä rahakassista."

Maija kertoi rehellisesti tapahtumien kulun ja myönsi menneensä itsekin hölmöyksissään mukaan niin että kassi oli muutaman päivän hänen kotonaan.

"Erittäin epäviisaasti toimittu!" moitti Laitapuoli ja lupasi palata asiaan, jos tulisi vielä jotain kysyttävää.

Raijan huoli siitä, että Tapio saisi tietää hänen lemmen-seikkailustaan sai lisäpontta, kun heitä vastaan poliisi-asemalla käveli poliisin taluttama Kurt, joka sanoi Tapiolle virnistäen:

"Joudut vissiin maksamaan kaljasi itse tästä lähin. Voit pitää muijaskin, vaikka meillä olikin oikein kaunis hetki hotellihuoneessa. Kuuma mimmi!"

Sitten hän sanoi Raijalle:

"Hyvästi rakas! Joudut tyytymään tästä lähtien Tapsaan. Onneksi sait kokea kunnon lempeä, että tiedät mitä se on."

Tapio aikoi hyökätä Kurtin kimppuun, mutta poliisi esti sen.

Kuulustelussa Raija ensin tunnusti päättäneensä pitää rahat ja kertoi siitä kuinka oli ajatellut alun alkaen löytäjän voivan pitää laukun. Huomatessaan komisario Laitapuolen kohtelevan häntä ankarasti, Raija alkoikin syyttää ensin Maijaa ja myöhemmin myös Tapiota kaikesta, mutta tässä tilanteessa se oli täysin turhaa.

&

Kaija ja Mara istuivat lentokoneessa toisiinsa nojautuen ja käsi kädessä. He olivat nukkuneet yönsä Maaritin ja Paavon luona ja aamiaisen jälkeen Paavo oli vienyt heidät lento-kentälle. Heistä ehti tulla läheiset ystävät ja Maarit ja Paavo lupasivat tulla tapaamaan heitä Suomeen.

Kaija ikävöi lapsiaan. Kotiportilla Maran avatessa portin taksimatkan jälkeen, Kaija juoksi heti sisään lasten luo.

Tatjana oli opettanut lapsille venäläisen tervetuliaislaulun ja he alkoivat laulaa nähdessään äidin ja isän tulevan. Kaija tunsi olevansa keskellä Sound Of Music- elokuvaa, mutta ajatteli olevansa onnellisempi kuin Maria konsanaan oli ollut. Se oli liikuttavaa ja kun laulu päättyi, kaikki ryntäsi-vät syleilemään äitiä. Pojat metelöivät niin innoissaan, että kukaan ei kuullut edes omaa ääntään. Kun vielä Tatjanankin pojat yhtyivät mölykuoroon, Kapteeni von Trappin pilli olisi ollut tuiki tarpeellinen.

Kun tilanne lopulta, ilman pillin vihellystäkin, vähän rauhoittui, Säde sanoi:

"Voisitko äiti ruveta tekemään vähän lyhyempiä lenkkejä. Please!'"

Kaikki nauroivat iloisina ja menivät yhdessä keittiöön.

&

Maija epäröi tovin ennen kuin soitti Kurttusen portilla olevaa summeria. Vaikka Kaija oli joka kerta heidän kohdatessaan ollut ystävällinen ja selvästi iloinen nähdessään hänet, hän koki, ettei ollut ansainnut sitä. Portin turvakamera kohdistui häneen ja portti aukesi nopeasti. Ennen kuin oli ehtinyt ajaa Peugeotinsa parkkiin oli hänen hymyilevä sisarensa jo ulkona ja ojensi molemmat kätensä syleilläkseen häntä lämpimästi.

Maija oli kokenut yllätyksen, joka oli sekä ilahduttava, että hämmentävä ja hän halusi jakaa sen pikkusiskonsa kanssa. Siihen oli useitakin syitä, joista pienin ei ollut se, että hän oli lopultakin tajunnut, kuinka ylpeä saattoi olla sisarestaan, joka oli pitänyt suuren perheensä koossa. Ensin monien vaikeiden taloudellisen ahdingon vuosien läpi ja sen jälkeen kokenut asioita, joita oli tähän asti kuvitellut löytävänsä vain rikosromaaneista. Kaija oli totisesti ansainnut kaiken sen onnen, mitä siitä oli seurannut.

"Onpa kiva tavata sinut!" huudahti Kaija saatuaan Maijan syleilyynsä. "Mirja on juuri valmistamassa lounasta, jonka olisin joutunut syömään aivan yksin, jos et olisi tullut!"

"Kiitos. En ole pystynyt tänään vielä syömään murustakaan, joten lounas kuulostaa hyvältä ajatukselta", vastasi Maija värisevällä äänellä.

Kaija katsoi häntä huolissaan ja kysyi:

"Ei kai ole tapahtunut mitään ikävää?"

"Olen vain niin kovin pettynyt Raijaan ja harmittaa, että hän tyhmyydessään pilaa omat mahdollisuutensa. Voidaanko mennä sisälle? Polvet tuntuvat pettävän kohta."

"No, kerro mitä on tapahtunut?" Kaija sanoi ja tarttui siskoa kädestä ja he kävelivät ruokasaliin.

Mirja oli tarkkanäköisenä palvelijana ehtinyt kattaa pöydän kahdelle ja kun molemmat istuivat turvallisesti pöydän ääressä, Kaija tunsi itsekin outoa jännitystä.

"Menen nyt suoraan asiaan. Se kauhea juttu, joka tapahtui ja johon sekoitin sinutkin, on päättymässä tosi oudosti. Ylikomisario Laitapuoli kutsui minut ja Raijan poliisiasemalle ja pelästyin, että saadaan sittenkin syytteet osallisuudesta sen kassin haltuunotossa. Mutta komisario alkoikin tiukkaan sävyyn kysyä miten sen kassin oikein olimme löytäneet. Itse en saanut ollenkaan puheenvuoroa, kun Raija alkoi heti syyttää minua ja sanoi, että hänellä muka ei ollut mitään tekemistä laukun löytymisen kanssa. Kun komisario kysyi asiaa minulta, en voinut muuta kuin myöntää, että minähän se maahan moksahdin ja laukun kuusen katveesta löysin. Myönsin myös kassin olleen minulla ja Raija väitti minun vieneen sen lopulta heille. En sanonut siihen mitään. Raijan mukaan emme olleet sopineet kassin tuomisesta heille, vaikka todellisuudessa hän itse haki sen meiltä. Komisario halusi vielä varmistaa Raijalta, että hän ehdottomasti oli sitä mieltä, ettei ollut osallinen kassin löytymiseen. Raija vannoi niin olevan. Hän oli niin epätoivoisen näköinen, että päätin, että tuli mitä tuli, minä otan koko syyn niskoilleni. Ehdin jo kuvitella itseni kaltereiden takana. Komisario halusi allekirjoitukseni paperiin, jossa tunnustin olevani kassin löytäjä. Itse olinkin jo ehtinyt ajatella, että olisikin ihan turhaa, että me molemmat istuisimme vankilassa mokoman kassin takia. Sen jälkeen komisario ojensikin minulle tämän. Hän sanoi kyllä olleensa kovin vastaan sitä mitä kirjeessä kerrottiin, mutta sanoi jo tuntuvan paremmalta, koska minä olin tunnustanut enkä yrittänyt luikerralle niin kuin Raija. Katso!" Maija totesi ojentaen virallisen näköistä ruotsiksi kirjoitettua paperia.

Kaija alkoi lukea ja Maija lisäsi:

"Voisitko lukeä ääneen ja suomentaa, kun se tuntuu niin käsittämättömältä, että pelkään ruotsinkielentaitoni täysin kadonneen. Komisario kyllä Raijan kauhuksi yritti kertoa minulle."

"No siis... tämän mukaan olet saamassa satatuhatta kruunua löytöpalkkiota kassin löytämisesta. Löytyneet rahat ovat tämän mukaan jo lähetetty Ruotsiin Kurhi & Rolöf AB:n konkurssipesänvalvojalle.... tämähän on aivan uskomattoman hienoa... siis piakkoin tilillesi tupsahtaa noin kymmenentuhatta euroa, kunhan Aarno Laitapuoli on ilmoittanut tilitietosi Ruotsiin."

"Niin kuvittelin itsekin siinä lukevan ja sellaista se Laitapuolikin puhui, mutta voiko se olla totta?"

"Voi Maija! Tiedän hyvin miltä sinusta tuntuu. Sitä on melkein mahdotonta uskoa, mutta totta se on. Onneksi olkoon!"

"Mutta Kaija, minun mielestäni en ole ansainnut sitä. Minä vain piileksin sillä aikaa, kun sinulle tapahtui asian johdosta vaikka mitä. Ja olin oikeastaan varastamaisillani koko rahat. Tämä tuntuu aivan käsittämättömältä. Itse asiassa ajattelin, että voisin antaa sinulle tuon palkkion. Isossa perheessä ei rahaa varmaan ole koskaan liikaa."

"Kuten näet, me pärjätään ihan mukavasti ja molemmilla on hyvät tulot, joten voit aivan huoleti nauttia itse rahoista. Olen pelkästään iloinen puolestasi. Muuten, valehtelevatko silmäni vai oletko sinä vähän pyöristynyt tuosta vatsan kohdalta?"

Maija punastui kuin teinityttö.

"Oletpa sinä tarkkasilmäinen. Kyllä! Odotan vauvaa!"

Kaija ei pystynyt estämään kyyneleitä, jotka olivat pyrkineet esiin siitä hetkestä alkaen, kun hän oli pannut merkille selvät raskauden merkit sisaressaan.

"Vihdoinkin saadaan serkku meidän katraalle. Onneksi olkoon! Onko kaikki sujunut hyvin?"

"Kiitos! On tässä vähän ollut huolia, kun olen aika vanha ensisynnyttäjäksi, mutta tällä hetkellä kaikki on hyvin ja ollaan Anteron kanssa todella innoissamme."

"Sitten teillä on ihan varmasti käyttöä tuolle palkkiolle. Voi! Tuskin pysyn nahoissani."

"Olet kyllä tarkkasilmäinen. Päätettiin, että ei puhuta asiasta ennen kuin alkaa näkyä oikein kunnolla. Muuten tarvitsee niin kauan kuunnella varoituksia kaikesta mitä voi tapahtua, kun on vanha ensisynnyttäjä."

"On tässä jostain syystä silmä harjaantunut vuosien mittaan", vastasi Kaija silmäniskun saattelemana.

Rupattelu jatkui iloisena ja ensimmäisen kerran Kaija koki lämpimän tunteen siitä, että omisti ihan oikean siskon, jonka kanssa voi jakaa asioita pelkäämättä kateutta.

&

Raija Möttönen huuhteli moppinsa yläkoulun käytävällä täynnä inhoa kaikkea kohtaan. Yhdyskuntapalvelu, jota hän parhaillaan suoritti oli seurausta siitä, että hänen todettiin vaikeuttaneen Kurt Kurhin saattamista tuomiolle rikoksistaan. Kurhi itse oli vakuuttanut Raijan auttaneen häntä. Olipa vielä väittänyt heillä olleen rakkaussuhteen, vaikka moista suhdetta Kurtilla ei ollut muuta kuin leikkipyssynsä kanssa. Mokoma elostelija oli houkutellut viattoman naisihmisen kuvioihinsa. Kurhin saama elinkautistuomio Ruotsissa toi sentään vähän lohtua Raijan aherrukseen. Raija oli saanut tehdä työtä saadakseen Tapion uskomaan, ettei hänellä ollut mitään tekemistä Kurtin kanssa, vaan mies valehteli. Tapio itse oli selvinnyt pelkällä varoituksella, kun hystccriscsti ulvova Raija ei saanut tuomaria uskomaan Tapion olleen kaiken takana. Mies itse vakuutti nähneensä rahat ensimmäistä kertaa hetki ennen kuin poliisit tulivat heidän kotiinsa. Tapsa tunsi itsensä joka tavalla petetyksi vaimon taholta eikä tiennyt mitä uskoa, mutta sai näin hyvän syyn jatkaa kaljan litkimistä.

Kolme kahdeksasluokkalaista kulki ohi ja ikään kuin vahingossa kaatoivat hänen pesuämpärinsä. Koko koulu raikui, kun Raija syyti heidän päälleen rankimmat kiroukset, joita osasi käyttää. Pojat katsoivat taakseen ja kuin sopimuksesta kaikki kolme sylkivät suustaan suuret purukumimöykyt vastapestylle lattialle, astuivat askeleen taaksepäin ja tallasivat niiden päälle ja lähtivät juoksemaan äänekkäästi nauraen.

Kukaan ei tiedä mitä tapahtuisi, kun Raija ennen pitkää saisi tietoonsa Maijan odottavan vauvaa. Siskon saama löytöpalkkio oli jo ollut liikaa. Hän oli saanut jäädä nuolemaan näppejään, koska oli ollut valmis valehtelemaan ja syyttämään Maijaa kaikesta. Jos hän olisi tunnustanut hän olisi saanut jakaa palkkion siskonsa kanssa. Laitapuoli oli ollut hyvillään, että oli saanut Raijan vannomaan, että Maija yksin löysi rahat. Se oli hyvä opetus selkärangattomalle ihmiselle.

"Rehellisyys maan perii, niin kuin vanha sananlasku sanoo", Laitapuoli mietti ja myhäili tyytyväisenä.

&

Muuten, Edvard Lukkomäen ja Vanessa Vilkunan yhteinen tulevaisuus lienee lukkoon lyöty, sillä heidät on nähty usein toisiinsa lukittautuneina merenrannan näköalapaikalla uutuuttaan kiiltävän kaiteen suojissa ihailemassa kaunista merimaisemaa.

*Loppu*